KB062312

이것이 법이다

이것이 법이다 7

2016년 2월 3일 초판 1쇄 인쇄
2016년 2월 11일 초판 1쇄 발행

지은이 자카예프
발행인 이종주

기획 팀 이기헌 송윤성
책임 편집 최전경

발행처 (주)로크미디어
출판등록 2003년 3월 24일
주소 서울시 용산구 원효로97길 46 5층
Tel (02)3273-5135 Fax (02)3273-5134
홈페이지 rokmedia.com **E-mail** rokmedia@empas.com

ⓒ 자카예프, 2015

값 8,000원

ISBN 979-11-5939-013-5 (7권)
ISBN 979-11-255-9575-5 04810 (세트)

이것이 법이다

7

자카예프 장편소설

ROK
MEDIA
로크미디어

CONTENTS

쇼맨십

"수련아, 준비는 된 거니?"

"네."

노형진은 수련이 다니는 여중 앞에서 기다리고 있었다.

얼마 지나지 않아 수련이 짐 가방을 들고 나왔다. 그러자 그는 마지막으로 의지를 확인했다.

"내일 소장이 들어가면 이제 돌이킬 수가 없단다."

"알고 있어요."

그녀의 담담한 말에 노형진은 뒤에 있는 가방을 흘낏 보았다.

제법 커다란 가방.

여기저기 깨진 흔적이 있는 캐리어다.

"부모님은?"

"본 지 닷새가 넘었는데요, 뭘."

노형진은 씁쓸하게 웃었다. 저 큰 가방에 짐을 어떻게 챙겨서 나왔나 싶어 물었더니 아예 집에 오지 않은 모양이다.

"그럼 그 캐리어는?"

"집 근처 쓰레기통에서 운 좋게 주웠어요."

"하아!"

이걸 운이 좋다고 해야 하나? 집에 멀쩡한 게 없어 필요한 물품마저 쓰레기통에서 가지고 와야 하는 상황이라니.

"가자꾸나."

"근데 전 어디서 지내요?"

"일단은 민시아 변호사 집에서 지낼 거야. 너, 민시아 변호사 알지? 첫날에 상담해 준 언니."

"아! 그 아줌마!"

'윽.'

물론 민 변호사가 강수련보다 나이가 많기는 하지만 아줌마라 불릴 나이는 아니다. 그런데 아줌마라니.

"너, 아줌마라고 부르면 쫓겨난다. 그냥 언니라고 불러."

"이히힛, 네."

웃는 걸 보니 장난친 것 같기는 한데.

'아무리 봐도 성격이 나쁜 아이는 아닌 것 같은데.'

도대체 어쩌다가 이런 꼴이 난 건지 그저 안타까울 뿐이었다. 노형진은 그녀의 짐을 트렁크에 넣고는 운전석으로 향했다.

이것이 법이다

"일단 거기로 갈 거야. 그리고 소송이 끝날 때까지 사람이 널 따라다닐 거야."

"절요?"

"그래, 대룡에서 보안 팀 한 명을 보내 주기로 했어."

"왜요?"

"어른들은 그다지 성격이 좋다고는 말 못 하니까."

분명 소송이 진행되면 어떻게든 소를 취하시키려 할 것이다.

더군다나 실질적으로 집안을 건사하는 사람은 강수련이다. 그런 수련이를 광신에 빠진 부모가 놔줄까?

집단 내부에서 높은 자리에 있는 사람들의 약혼자로 팔아넘기기까지 한 상황에서?

'그럴 리가 없지.'

광신에 빠지면 부모도, 형제도, 자식도 없다. 그러니 안전을 위해서라도 누군가 있어야 한다. 재판이 끝나면 안전을 위해서라도 전학 수속을 해야 하고 말이다.

"가자꾸나."

노형진은 그녀를 데리고 그들이 모르는 곳으로 천천히 움직이기 시작했다.

⚖️

친권 상실 청구는 기본적으로 원고와 피고가 만나는 민사가 아닌 검찰과 피고인이 만나는 형사의 형태를 띤다.

도지사인 유태만이 청구하기는 했지만 결과적으로 검사를 선임해 진행되고 상대방은 변호사를 사서 대응하기 마련이다.

"이단은 물러가라!"

"종교 탄압은 그만둬라!"

노형진은 다른 사건으로 재판정에 가다가 입구를 보고는 얼굴을 찌푸렸다. 예상은 했지만 아니나 다를까, 저들은 종교 탄압이라면서 아주 게거품을 물고 있었다.

재판정 앞에서 피켓을 들면서까지 시위하는 꼴을 보아하니 아주 작심한 모양이다.

'만만한 게 종교 탄압이지?'

분명 저들은 자기들 선지자라는 인간에게 해가 되는 것이라면 무조건 종교 탄압으로 볼 것이다.

"이거 보세요!"

"우리 딸을 돌려주세요!"

아주 울부짖으면서 말하는 두 사람. 노형진은 직감적으로 그들이 강수련의 부모라는 사실을 알았다.

하지만 그들은 노형진을 알지 못했기에 그에게 전단지를 나눠 주면서 마치 피해자인 양 울부짖었다.

그걸 받아 든 노형진은 얼굴을 찌푸렸다.

'지랄.'

척 보니까 어릴 적의 사진과 자신들의 모습을 교묘하게 교차 편집해서 자신들이 행복한 가정생활을 하고 있었는데 정부에서 강제로 아이를 빼앗아 갔다고 주장하고 있었다.

'이놈도 멍청이지만 저것들도 멍청이네.'

문제는 그걸 본 사람들이 그게 진짜인 줄 알고는 마구 화내면서 그들이 내미는 종이에 이름와 전화번호를 적고 사인하고 있다는 것이다. 아마도 방명록이나 연판장인 것이리라.

'후회할 텐데.'

저들이 저걸 그냥 재판정에 낼까?

그럴 리 없다. 분명히 거기에 있는 전화번호로 끊임없이 전화하면서 괴롭히고 포교 활동을 할 것이다.

"내 딸을 돌려줘, 이 도둑놈들아! 으아아!"

갑자기 휘발유 통을 들고 와서 머리에 뿌리는 아버지. 그리고 그걸 보고 말리는 사람들.

노형진은 기가 막혔다.

'바보냐?'

갑자기 멀쩡하게 테이블 위에 있던 걸 뿌린다. 그건 미리 준비했다는 뜻이다.

'애초에 휘발유가 아니잖아?'

노형진은 바닥에 흐르는 액체를 보고는 혀를 끌끌 찰 수밖에 없었다.

뿌리는 모습만 봐서는 분명 휘발유처럼 보인다. 냄새도 그렇고 말이다. 그러나 흐르는 걸 보면 전혀 아니다.

물론 휘발유가 들어가기는 했다. 하지만 흐르는 걸 보니 물에다가 휘발유를 탄 것이다.

사람들은 깜짝 놀라서 뿌리는 것만 보니 알지 못하겠지만 흐르는 걸 보면 물과 기름이 섞이지 못해 따로 흐르는 게 보인다.

사이가 좋지 않은 사람들을 물과 기름 사이라고 부르는 데에는 다 이유가 있는 것이다.

'지랄한다, 진짜……. 저런 게 부모라고.'

애초에 쇼를 하는 것이다. 진짜 휘발유를 뿌렸다가 혹시나 불이 붙으면 죽을까 봐 냄새만 나게 휘발유에 물을 잔뜩 타서 쇼를 하는 것이다. 저렇게 하면 냄새는 그럴듯하지만 어지간해서는 불이 붙지 않는다.

'그나저나 어찌 되었건…… 이건 좋지 않은데.'

저 멀리서 다가오는 사람들. 그들은 기자들이다. 아마도 이번 사건을 자극적이고 그럴듯하게 포장해서 내보내기 위해 온 것일 것이다.

'이거, 이거…… 어쩌면 힘들지도?'

미래에야 이런 것에 대한 공분이 크고 이런 법의 존재가 알려져 있으니 재판하는 게 부담스럽지 않겠지만, 지금은 친권 상실 청구 제도가 생긴 이래 처음으로 재판하는 것이다.

세상에는 이 법의 존재가 거의 알려져 있지 않고, 대부분의 한국 사람들이 가정은 하늘이 맺어 주는 관계라 인식하고 있으니 승소하기가 어려울 수밖에 없다.

'생각 좀 해 봐야겠어.'

노형진은 더 이상 지켜보고 있을 수가 없었다. 다른 재판이 있었기 때문이다. 그러나 생각보다 복잡한 문제라는 사실은 변함없었다.

"노 변호사!"

"네?"

"큰일 났어! 이것 봐!"

헐레벌떡 석간신문을 들고 오는 송정한. 그걸 보고 노형진은 다 안다는 듯 고개를 끄덕거렸다.

"그 사건이죠? 친권 상실 사건."

"어떻게 안 거야?"

"아까 재판하러 가다 보니까 생 쇼를 하고 있더라고요."

"지금 국내 여론이 너무 안 좋아."

석간을 타고 전국에 퍼진 뉴스가 국민들의 공분을 일으키고 있었다. 지금까지 정부가 권력으로 한 가정을 파괴하려한 적은 없었기 때문이다.

"당연히 자기들이 종교 집단인지 말하지는 않았겠지요."

"그걸 어떻게 알아?"

"그걸 모르겠습니까?"

애초에 시위할 때도 그들이 건 플래카드 같은 데에 '만구파'라는 종교 집단의 이름 대신 '평등가정사랑협의회'라는, 누가 봐도 급하게 만들어 낸 집단 이름이 걸려 있었다.

"만구파는 전국적으로 이미지가 안 좋습니다. 그런 상황에서 바보가 아니고서야 만구파의 이름을 걸고 뭔가를 하겠습니까?"

"그거야 그렇지만…… 이거 어쩌지?"

한 가정을 법의 이름으로 파탄 낸다는 것. 그건 한국 사람들의 입장에서는 말도 안 된다고 생각하고 있을 게 뻔했다.

"이거…… 그냥 쉽게 넘어가려고 했더니 그건 무리일 것 같네요."

원래 역사에서 벌어지는 첫 재판은 2년 후다. 그마저도 아버지라는 인간이 딸을 강간한 패륜적인 범죄였기 때문에 저항이 거의 없었다.

하지만 현재 상대방은 인력을 동원해서 언론 플레이를 하고 있는 상황.

"아마 청계의 솜씨일 겁니다."

"청계?"

"그냥 느낌이 그래요."

시간이 너무 딱 맞다. 사람들이 가장 많이 다니는 시간에 시작한 퍼포먼스. 극단적인 방식으로 휘발유를 뿌리면서 울부짖기 시작하자 짠 하고 나타나는 기자들.

그리고 사람들이 많이 보는 조간이 아닌 상대적으로 수가 적은 석간에 들어간 점 등을 봤을 때 그쪽에서 언론 플레이를 하는 게 확실했다.

"석간신문을 내는 회사는 작습니다. 당연히 관리하기가 쉽지요. 하지만 이게 뉴스에 나갔고 이슈화가 터졌으니 아마도 내일 조간에 도배될 겁니다. 그런데 이쪽에서 먼저 터졌으니 그 논조를 따라갈 겁니다. 기자들 아시잖아요, 이런 거 받아쓰기하는 거. 머리 잘 썼네요, 청계 녀석들."

받아쓰기란 다른 신문사에서 쓴 기사를 지속적으로 확대하여 재생산하는 것을 말한다. 직접 취재진 않으면서 이슈는 따라갈 수 있기 때문에 기자들이 자주 쓰는 방식이다.

문제는 직접 취재한 것이 아니기 때문에 진실을 모르는 채로 받아쓰다 보니 일부가 취재해서 진실을 까발릴 때쯤 되면 진실이 다른 것으로 바뀌어 있다는 것이다.

"젠장!"

송정한은 욕설을 내뱉었다. 딸을 가진 아버지로서 이런 상황이 마음에 들지 않았다.

"이거 뒤집을 수 있을까?"

"소용없을걸요?"

"왜?"

"사건을 공개한다 한들 저들이 들어 줄 것 같습니까? 저들이 원하는 건 자극적이고 짜릿한 이슈입니다. 만구파라는 이제 단물이 다 빠진 주제보다는 국가 권력이 행복한 가정을 박살 낸다는 주제가 더 맛있어 보일걸요? 우리나라 기자들 중 정말로 진실에 관심 있는 사람이 얼마나 되겠어요?"

"부정하지 못하는 게 슬프군."

노형진의 말에 송정한은 씁쓸한 얼굴이 되었다. 그 역시 이제 와서 기자회견을 하고 진실을 까발려 봐야 그다지 바뀌는 게 없다는 걸 느끼고 있었다.

"제가 봤을 때 우리는 다른 방식으로 언플해야 할 것 같네요."

"어떤 방식으로? 아니, 애초에 우리가 언플하는 방식이 뉴스를 타는 거 말고 다른 게 뭐가 있어?"

"있습니다, 이럴 때 쓰려고 만들어 둔 거."

"뭐?"

"원래 이슈라는 게 얼굴 팔기에는 끝내주게 좋거든요."

"엥?"

노형진의 뜻 모를 말에 송정한은 고개를 갸웃했다.

⚖

"들어오시랍니다."

노형진이 자리에서 일어나자 옆에 있던 민시아 변호사도 벌떡 일어났다.

"후하, 후하!"

"왜 그러십니까?"

"그냥 긴장돼서요."

"괜찮습니다. 유민택 회장님이 성격은 별로 안 좋지만 그렇다고 사람을 잡아먹지는 않습니다."

"네?"

민시아는 노형진의 농담에 무슨 소리인가 하고 그를 바라보았고 안쪽에서는 유민택이 나오면서 한 소리를 했다.

"그거 칭찬이야, 욕이야?"

"반갑습니다, 유 회장님."

"그래, 반갑네. 들어오지."

"네."

아무리 새론이 대룡의 주요 거래 법인이라고 하지만 다른 사람도 아닌 유민택을 만나는 것은 극히 일부에 불과하다.

그러다 보니 처음으로 유민택을 만나게 된 민시아는 잔뜩 긴장한 채로 노형진을 따라서 안으로 들어갔다.

"요즘 어떻습니까?"

"자네 덕분에 아주 잘나가고 있네."

"뭐, 공치사는 감사합니다."

"공치사가 아니야. 자네가 말해 준 것이 우리 매출에 엄청난 이득을 주고 있어."

노형진은 대룡과 함께 대룡평등재단이라는 일종의 법률

지원 재단을 만들었다.

대룡평등재단은 형사사건에서 배제되는 피해자들에 대한 지원과 일부 민사에서 돈이 없다는 이유로 피해를 감수해야 하는 사람들을 위해서 법률적 지원을 아끼지 않았는데, 그 대상은 대룡의 물건을 구입한 사람들이었다.

처음에는 우유 부분 한정이었지만 안 그래도 범죄의 피해자가 될까 두려워하던 국민들은 대룡으로 몰려들기 시작했다.

유민택은 이게 단순한 유행이 아닌 하나의 가치라는 걸 알아채고는 대룡의 전자부터 상거래, 음식까지 다른 계열사들을 몽땅 끌어들였다.

그 결과, 평등재단의 규모는 엄청나게 커졌다.

"덕분에 지난달부로 대룡의 순위가 올라갔네."

"네?"

"원래 우리 대룡은 9위였지. 하지만 성화와의 전쟁에서 지면서 10위까지 떨어졌거든? 그런데 지난달 집계에 따르면 다시 9위로 올라갔어."

"축하드립니다."

"하하하, 축하할 일만은 아니라네. 다른 기업들도 극도로 경계하기 시작했거든."

두 거대 기업이 싸우기 시작하면 순위가 떨어지는 게 당연하다. 실제로 성화는 11위에서 12위로 한 단계 떨어졌다.

그런데 대룡은 한때 떨어지긴 했지만 금세 무서운 속력으

이것이 법이다

로 치고 올라가기 시작했다.

"아마 일부는 성화와 손잡고 우리를 견제하려고 하겠지."

"성화와요? 전쟁 중인 걸 알면서도요?"

"그러니까 우리를 막으려고 하는 거야. 적의 적은 친구라는 말이 있지 않나?"

그 말에 노형진은 고개를 끄덕거렸다. 유민택의 말대로 순위 안에 있던 대기업들이 대룡이 갑자기 치고 올라가는 것을 그냥 두고 볼 것 같지는 않았다.

"그나저나 어쩐 일인가? 자네가 부탁할 게 있다면서?"

"쇼를 좀 해야 하는데 대룡엔터테인먼트, 아니 한국엔터테인먼트조합의 손을 좀 빌렸으면 해서요."

"쇼?"

"네, 이번에 좀 골치 아픈 사건을 하고 있거든요."

"아! 그 친권 상실 청구 말인가?"

아니나 다를까, 그는 이미 알고 있었다. 하긴 유민택은 노형진에게 아주 관심이 많아 상황을 수시로 확인해서 보고하라고 지시한 상태이니까.

"네."

"안 그래도 그 만구파라는 녀석들이 아주 작정하고 언론 플레이를 하던데, 방법이라도 있나? 자네도 알다시피 언론인이라는 놈들은 영⋯⋯."

"하이에나 같은 놈들이죠."

약자를 물어뜯기 위한 기회만 엿보는 놈들.

"반박 기자회견을 해도 되지 않나?"

"반박 기자회견을 한다고 들어나 주겠습니까? 뭐, 안 하는 것보다는 나을 테지만요."

아마도 반박 기자회견을 하면 오지 않는 인간들이 대부분일 테고, 설령 한다고 해도 단신으로 작게 보도할 것이다.

"그래서 어쩌자는 거야?"

"이참에 영웅이나 한번 만들어 보려고요."

"영웅?"

"네."

언론이 좋아하는 것이 자극적인 것이라면 그걸 제공하면 되는 것이다.

미국에서 싸워 본 적이 있는 노형진이 가지고 있는 그와 관련된 경험은 어쭙잖은 언론 플레이를 하는 청계보다 훨씬 뛰어났다.

⚖

"그러니까 우리가 모여서 언론 플레이를 한다 이겁니까?"

공식적으로는 엔터테인먼트조합이라고 하지만 유민택이 갑인 것 또한 사실이다. 그가 나가라고 하면 막대한 돈을 들여 직접 연습실부터 부대시설을 확보해야 하기 때문이다.

이것이 법이다

그래서 유민택이 모이라고 했을 때 거절한 사람은 한 명도 없었다.

"그렇습니다."

"그게 우리에게 무슨 이득이 있죠?"

아무리 조합이라고 하지만 결국은 이득을 위해 모인 사람들.

"간단합니다. 우리가 언론 플레이를 하는 가장 큰 목적은 바로 이미지 쇄신에 있죠. 안 그렇습니까?"

"뭐, 반쯤은 맞습니다."

언론 플레이를 하는 가장 큰 이유는 이미지를 바꾸기 위해서다.

회장님들이 법원에 출석할 때마다 멀쩡하던 사람들이 갑자기 병원복을 입은 채로 휠체어나 침대를 타고 들어가는 이유가 뭘까?

다 언론 플레이를 하기 위해서다.

자신이 풀려나기 위한 일종의 포석을 까는 것이다.

"이미 언론 플레이는 저쪽이 선점했습니다. 이쪽에서 똑같은 방식을 써 봤자 이빨도 안 먹힙니다."

"그래서요?"

"그럼 생각을 바꾸면 됩니다. 이미지를 바꾸는 게 아닌 얼굴을 알리는 게 목적이라면?"

"……?"

"언론 플레이의 목적은 '우리는 억울합니다.'라는 거지만 그건 부가적인 목적으로 쓰는 거죠. 반대로 여러 연예인들의 얼굴을 알리는 걸 목적으로 한다면?"

솔직히 이 말에 각 회사의 사장들은 '이게 무슨 개소리인가?' 하는 얼굴이 되었다.

"간단하게 말해서 여러분들이 데리고 있는 가수들은 얼굴을 알려야 합니다. 반대로 우리는 진실을 알려야 하지요."

"그렇지요."

"그러니까 힘을 합치는 겁니다. 여러분들은 얼굴을 알리고 우리는 진실을 알리는 거죠."

"무슨 수로 말입니까?"

"콘서트죠."

"콘서트?"

대부분의 사람들이 말도 안 된다는 얼굴이 되었다.

콘서트라는 것에는 막대한 돈이 들기 마련이다. 무대를 마련하고 조명과 음향 기기 등을 설치하려면 돈이 엄청나게 필요하다.

그걸 단순히 이미지 쇄신을 위해서 쓴다? 차라리 그 돈을 언론사에 뇌물로 주는 게 훨씬 효율적일 것이다.

"콘서트 비용을 알고나 그러는 겁니까?"

"뭐, 정규 콘서트는 그렇지요. 하지만 게릴라 콘서트라면 훨씬 싸게 먹힐 겁니다."

"게릴라 콘서트?"

"제가 간략한 이미지를 가지고 왔습니다. 보시겠습니까?"

노형진은 자신이 생각한 무대의 그림을 그린 뒤, 대룡의 도움을 얻어서 그걸 3차원으로 구현하는 데에 성공했다.

"무대는 두 대의 탑 차와 두 대의 트레일러로 구성됩니다."

"응?"

3차원으로 구성된 그림이 움직이기 시작하자 그곳을 바라보는 사람들.

네 대의 차량이 서로 꼬리를 맞대고 서자 특수하게 설계된 고정 장치가 연결되었다. 그러고는 앞쪽에 있는 트레일러의 삼중으로 되어 있던 무대가 앞으로 나와 생각보다 커다란 공간을 만들더니 그 뒤에 있던 탑 차의 옆 뚜껑이 열리고 조명이 설치되었다.

탑 차란 뚜껑을 단 트럭인데, 그 뚜껑을 옆으로 올리면 상당한 높이가 된다는 점을 이용한 것이다.

그렇게 하고 난 뒤, 트레일러가 짐칸 부분을 떼어 내고 움직이자 순식간에 하나의 완벽한 무대가 만들어졌다.

"어?"

"어떻습니까?"

차량이 생각지도 못한 제법 커다란 무대로 바뀌는 걸 본 사람들은 깜짝 놀랐다.

"이게 뭡니까?"

"이동형 간이 트레일러입니다."

"이건……."

"네, 행사 할 때는 끝내주죠."

보통 행사라고 하면 무대 설치 비용이 엄청나게 많이 든다. 그런데 이건 그런 비용 없이 그저 가지고 움직이기만 하면 된다.

설치에 30분. 철거에 30분. 모든 장비는 그 안에 있다.

"이걸로 돌아다니면서 주요 콘서트 장소에서 사용할 겁니다."

"그걸 지원하겠다고요?"

"일단 한번 만들고 나면 계속 쓸 수 있으니까요."

잠시 생각에 빠지는 사람들. 하지만 그들은 한 가지 사실을 잊지 않고 있었다.

"무대는 그렇다고 치고 그 후에는 어쩌자는 겁니까? 뭐라고 콘서트를 해요? 게릴라 콘서트는 기본적으로 공짜이니 사람이야 많이 모이겠지만, 그게 무슨 의미가 있죠?"

"쉽게 말해서 인터넷 워리어들을 자극하는 겁니다."

"인터넷 워리어?"

"네."

게릴라 콘서트를 관람하는 사람은 대체로 젊은 사람들이다. 그들은 인터넷에 능숙하다. 그러니 그 점을 이용하는 것이다.

콘서트를 해서 얻을 수 있는 이점은 이뿐만이 아니다.

무명인 가수들의 입장에서는 공연하면 돈은 벌리지 않지

만 얼굴을 알릴 기회는 얻을 수 있다. 공짜라는 점에서 상당한 수가 올 것이 확실하다. 진짜로 게릴라 콘서트처럼 갑자기 짠 하고 나타나는 게 아니니 더욱 그럴 것이다.

"그리고 그 공연이 끝난 후에 우리 쪽 의뢰인이 모여 있는 사람들에게 진실을 말하는 거죠."

"오호!"

대충 이해가 간다는 표정이 되는 사람들.

막대한 사람들이 모일 테고, 젊은 사람들이 그중 다수를 차지할 것이다.

그런 곳에서 노형진의 의뢰인이라는 사람이 진실을 까발린다면 인터넷을 뒤흔들 수 있다. 인터넷이 발달한 지금, 신문의 위력은 과거와 같지 않으니까.

이쪽에서 뒤흔들면 신문은 그 논조를 따라갈 수밖에 없다.

"그럼 여러분들은 영웅이 되는 거죠."

"영웅?"

"네, 약자를 보호하는 엔터테인먼트 회사들. 그리고 그들을 도와주는 신인 가수들. 이름과 얼굴을 알릴 뿐만 아니라 좋은 이미지까지 만들 수 있는 절호의 기회 아닙니까?"

"흠…… 그럼 출연료는……."

"대룡에서 지불할 겁니다. 많이는 못 드립니다."

"뭐…… 이런 거라면……."

단순히 1회성 행사가 아니라 언론에도 노출되는 일종의

홍보성 행사다. 그렇다면 수천만 원씩 받을 이유가 없다.

"그리고 이 부분은 여러분이 아셔야 합니다."

"뭐가요?"

"이걸 주기적으로 하게 된다면 여러분이 정치 세력화할 수도 있습니다. 그렇기 때문에 이 차량을 만드는 거구요."

"정치 세력화!"

그 말에 사장들의 눈이 어느 때보다 커졌다. 정치인들이 툭하면 성 상납을 요구하는 이유가 무엇인가? 자신들이 힘이 없기 때문이다.

그나마 다행인 점은 대롱에 기대자 그런 정치 쪽의 부담스러운 요구가 거의 사라졌다는 것. 아무리 그들이라 해도 대롱은 부담스러운 상대니까.

하지만 아예 없는 것은 아니다. 여전히 엔터테인먼트에는 세력이 거의 없는 탓이다.

정확하게는 여론을 움직일 힘이 없다.

"아이러니하지 않습니까, 대중과 가장 가까이에 있는 사람들이 엔터테인먼트 종사자인데 정치적으로 거의 힘이 없다니?"

"확실히…… 그건 그렇지요."

그런 것을 할 수 있는 무대가 없기 때문이다.

"정치 세력화한다는 건 요란한 게 아닙니다. 정치인들에게 불리한 말을 하라는 것도 아닙니다. 하지만 여러분들이 진짜 잘못된 것을 공론화시켜 지속적으로 정치권에 부담을 준다면 섣불리 무리한 요구를 할 수 없을 겁니다."

그 말에 사람들은 고개를 끄덕거렸다. 지금이야 단순히 한 사람의 도움이 필요한 일이지만 나중을 생각하면 더욱더 큰 일이라 할 수 있다.

'아마 정치인 하나 매장하는 건 일도 아닐걸.'

만일 정치인 한 명이 나쁜 짓을 했을 경우, 이들이 가서 공연을 하면서 사실을 까발린다. 그럼 언론과 경찰들은 은폐할 수 있겠지만 이런 사실까지 은폐할 수는 없을 테니, 전국적인 규모는 힘들겠지만 국회의원 하나를 자기 지역구에서 날려 버리는 것쯤은 일도 아니게 될 것이다.

"각개격파라는 거군요."

"네."

그렇게 된다면 누구도 성 상납이나 정치 자금을 목적으로 돈을 요구하지 못한다. 이들이 해당 지역구에 가서 공연하며 진실을 까발리면 아무리 언론 통제를 한다고 해도 의미가 없으니까.

"차량의 가격도 얼마 안 합니다. 다 해 봐야 10억입니다. 대룡에서는 지속적으로 사용할 수 있다는 점을 인정하고 차량을 제작하는 중이고요."

그 말에 사람들은 고개를 끄덕거렸다.

처음에 10억이라는 큰돈이 들어가긴 하지만 저건 백 번이고 천 번이고 쓸 수 있다. 그런 정치적인 행사가 아니더라도 지방 행사 같은 필요한 때에 사용할 수 있으리라.

게다가 저런 무대가 필요한 곳은 많다. 학교라든가 지역 행사라든가. 그런 곳에는 제대로 된 무대도, 음향이나 조명도 없으니까.

"어떻습니까?"

"그거…… 어떻게 신청하는 겁니까?"

누군가 돈의 냄새를 맡고 다가왔고 그게 시작이었다.

"지원은 선착순입니까?"

"공연은 최대 몇 명입니까?"

너도 나도 공연을 약속하기 시작했고 노형진은 계획이 잘 되어 가고 있음을 알고는 미소를 지었다.

⚖

"제가요?"

강수련은 깜짝 놀랐다.

"그래, 이번에는 네가 좀 나서야겠다. 피해자는 나서지 않는 게 보통인데 현재 여론 분위기가 너무 좋지 않아. 대부분의 국민들은 정부가 너를 강제로 빼앗는다고 생각하고 있어."

"아니, 그 사람들은 왜 사실을 제대로 알지도 못하면서 지껄인데요?"

"그게 대중이다."

원래 피해자는 거의 나서지 않는다. 심적인 고통이 심해지기 때문이다.

하지만 이번에는 좀 다르다. 어떻게 해서든 여론을 뒤집지 않는다면 정부는 언론이 부담되어서 강수련을 돌려보낼 것이다. 그렇게 된다면 강수련은 어쩔 수 없이 나이 먹은 약혼자와 결혼하게 될 것이다.

그리고 모든 게 끝났다고 생각한 그 녀석이 극단적인 방식, 즉 강간을 실행할 건 당연한 일.

"하지만 제 사연을 말하기에는 좀……."

그녀의 사건은 개인에게 슬픈 일이기는 하지만 그렇다고 큰일이 나는 것은 아니다. 이렇게 거국적으로 말해 봐야 그다지 반향이 크지는 않을 것이다.

"그 사연만 말한다면 그렇지. 하지만 다른 걸 함께 이야기하면 된다."

"다른 것?"

"응, 원래 인간들은 영웅을 바라기 마련이니까."

"영웅?"

"그래, 영웅. 자신들은 아무것도 하지 않으면서 영웅이 나서서 뭔가를 바꿔 주기를 원하거든. 그러니까 너한테 그 이미지를 덮어씌울 거야."

"하지만 전 한 게 없어요. 누구를 구하거나 희생하거나……."

그런 것이 영웅이라고 생각한다. 하지만 그건 결국 이미지의 문제.

"그러니까 너한테 그런 이미지를 만들 거야."

"어떻게요?"

"내가 하라는 대로 하면 돼. 알았지?"

"네."

"일단은…… 연기 수업부터 시작하자."

"네?"

이해할 수 없는 노형진의 말이었다.

⚖

한국 사람들의 성향을 표현하는 속담은 많다. 그중 하나가 공짜라면 양잿물도 마신다는 말이다. 그런데 어쩌면 그 말은 농담이 아닐지도 모른다.

"이거…… 해도 1만 명은 넘겠는데요?"

심지어 가수들조차 긴장할 정도로 이번에 빌린 학교 내부 운동장은 꽉 차 있었다.

"게릴라 콘서트 때는 이런 거 없었는데……."

"그때는 인터넷이 지금처럼 발달하지 않았으니까요."

그때도 인터넷은 있었지만 지금처럼 대단하지는 않았다. 하지만 지금은 다르다. 엄청난 숫자의 사람들에게 빠르게 퍼질 수 있는 인터넷이 다 보급된 상태다.

'SNS가 생기면 더 그렇겠지.'

SNS의 기본이라 할 수 있는 타겟팅는 생긴 지 얼마 안 된 기업. 노형진은 그 기업에 엄청난 투자를 했다. 막말로 좀 더 투자하면 운영권까지 집어삼킬 수 있는 수준까지 말이다.

앞으로 최소 10년간 타겟팅은 엄청난 이득을 가지고 올 것이다.

'그러고 보니 얼마 안 남았네.'

얼마 후면 한국에 와이폰3이 들어오면서 한국에도 대대적으로 스마트폰 시대가 열릴 것이다.

다른 나라들은 이미 열렸음에도 한국에서 열리지 않는 이유는 거대 전자 기업들이 대부분 피처폰이라는 구형 폰을 만들다 보니 와이폰이 들어오면 몰락한다는 사실을 알고 있는 정부에서 막고 있기 때문이다.

'뭐, 그래 봤자 옴레기.'

그러나 모 회사가 스마트폰을 개발하면서 드디어 정부에서도 시장을 열었는데 결론은 시궁창이었다. 대응은커녕 시장조사도 하지 않고 만들었기 때문이다.

실제로도 자동차 같은 경우는 해외에서 아무리 좋은 안전장치가 개발되어도 정부에서 한국 내 발매를 허락하지 않는다. 국내 기업이 개발할 때까지는 말이다.

문제는 그런 상황이라 국내 기업은 안전장치 개발에 관심이 없다는 것이다. 어차피 국내에 판매되는 모델은 정부에서 개발할 때까지 못 들어오게 막으니까. 그래서 한국 차의 안전성이 떨어지는 것이 현실.

"뭘 그렇게 생각하십니까?"

"네? 아닙니다. 그나저나 가능하겠습니까?"

"뭐, 해야지요."

몇몇 신인들은 벌써부터 떠는 것이 보인다. 그래도 뜨지 못했을 뿐, 경험이 있는 사람들은 좀 덜하지만 말이다.

"이런 무대를 전국을 돌면서 한다는 거죠?"

"네."

"확실히 이런 식이면 팬층이 확 늘겠는데요?"

확실히 그럴 것이다. 수많은 사람들 앞에서 자신의 실력을 보여 준다는 것은 기회니까.

"물론 페이가 넉넉하다는 점이 제일 만족스럽습니다."

더욱 만족스러운 것은 열정 페이가 아니라는 것.

대룡에서는 생각보다 넉넉한 자금을 지원해 줬다. 지난번 투자 이후 나눔과 베풂은 돌아온다는 것을 깨달은 것이다.

이들이 유명해지면 자신들에게 돌아오는 수익도 늘어나니까 대룡이 손해 보는 것도 없는 셈.

노형진은 고개를 끄덕거리면서 무대 바깥에 기다리는 사람들을 바라보았다.

"자, 그럼 이제 쇼를 시작할까요?"

"우와!"

사람들의 환호성은 대단했다. 아직은 유명하지 않아 방송에서 보지 못한, 그러나 실력 있는 사람들의 콘서트를 본다는 것은 쉬운 일이 아니기 때문이다.

　그렇게 사람들의 열광이 끝나고 한 시간이 좀 지난 시점. 드디어 결전의 순간이 왔다.

　"될까요?"

　민시아 변호사는 걱정스럽게 말했다. 잔뜩 흥분한 사람들에게 과연 말이 통하겠냐는 것.

　"될 겁니다."

　"왜요?"

　"저 사람들은 지금까지 즐겼으니까요."

　"네?"

　이해할 수 없다는 표정이 되는 민시아 변호사. 그게 이번 일과 무슨 상관이 있단 말인가?

　노형진은 빙긋 웃으면서 설명해 줬다.

　"한창 잘 놀았습니다. 그리고 애초에 이 콘서트의 목적이 뭔지도 알고 있지요."

　그 말에 고개를 끄덕거리는 민시아 변호사.

　"이제부터 나오는 이야기는 무겁고 슬프며 진지한 이야기입니다. 그럼 사람들의 반응은 두 가지일 겁니다. '재미있게 놀았는데 막판에 기분을 잡쳤다.'라는 것과 '나는 재미있게 놀았는데 저 아이는 저렇게 절박했구나.'라고 양심의 가책을 느끼는 것. 전자는 어차피 버리는 패입니다. 우리가 뭘 해도 그 애들은 관심도 없어요. 따라서 우리가 노리는 건 후자입니다. 분명 그 죄책감을 덜어 심적 안정을 얻고자 할 테니 그들이 할 수 있는 가장 확실한 방법은 그 사실을 주변에 알리는 것이겠지요. 그리고 그 수단은 당연히……."

"인터넷이군요!"

노형진이 다 말하기도 전에 민시아 변호사는 빠르게 알아챘다. 노형진은 고개를 끄덕거렸다.

"맞습니다. 그렇게 된다면 여론이 바뀌는 건 시간문제입니다."

"노 변호사님은 정말……."

"후후후……."

전혀 생각지도 못한 형태의 언론 플레이다. 극단적 감정 두 개를 충돌시켜서 양심의 가책을 만들어 내겠다니.

"그런데 수련이는 왜 그렇게 연습시킨 거예요?"

"아무래도 어느 정도 진실이 있기는 하지만 어느 정도 가짜도 필요하니까요."

좀 더 또박또박 말하면서 감정에 호소할수록 유리해지는 싸움이다. 당연히 아무런 준비도 없이 덜렁 위로 올라가는 건 의미가 없다.

'연기에 재능이 있는 줄은 몰랐지만.'

의외로 연기에 재능이 있었던 강수련은 빠르게 배웠고 이제는 감정 연기 정도는 쉽게 할 수 있는 정도까지 올라왔다.

"여러분! 여러분들도 이 콘서트의 목적을 아실 것입니다. 진실을 찾기 위해서 그리고 그 진실을 알리기 위해서 수많은 가수분들이 모이셨고……."

사회자가 능숙하게 분위기를 몰아가자 사람들의 시선은 무대로 쏠렸다. 그리고 그 무대 위로 조심스럽게 올라오는 여자아이.

민시아는 그 아이를 보고 깜짝 놀랐다.

"저거…… 수련이 맞아요?"

아무리 준비했다지만 교복을 입고 단정하게 나온 수련의 외모는 평소보다 훨씬 더 빛나고 있었다.

발육이 좋다고 생각은 했지만 지금 보니 어지간한 연예인에 밀리지 않을 정도.

"돈 좀 들였습니다. 피부 관리도 하고 머리도 다듬고 무대 화장도 좀 하고."

"아니, 왜요?"

"그래야 사람들의 마음이 쉽게 움직이니까요."

"네?"

"미국에는 앰버 경고라는 게 있습니다. 아동 실종 시 걸리는 일종의 비상사태인데, 그걸 분석하면 재미있는 결과가 나옵니다."

앰버 경고는 미국에서 납치된 아이를 찾기 위해 전 언론이 총동원되는 시스템이다. 앰버라는 아이가 실종되었을 때 지역이 합심해서 방송했던 것이 유래로 알려져 있다.

"백인, 금발에 아이가 예쁠수록 앰버 경고가 훨씬 빨리 걸리고 훨씬 잘 퍼진다는 사실을 말입니다."

"네?"

"즉, 아이가 아름다울수록 사람들의 보호 본능을 쉽게 일으킬 수 있다는 겁니다. 씁쓸하지만 그게 현실입니다."

"그래서……."

"네."

만일 수련을 후줄근한 모습으로 올려 보낸다면 무슨 일이 벌어질까? 어느 정도 이슈는 될 테지만 언론에서 원하는 떡밥으로는 부족할 것이다.

하지만 지금의 수련은 누가 봐도 아름답다고 할 수 있다. 고작 중 3이라고 할 수 없을 만큼 말이다.

중 3의 아주 예쁜 아이가 자신과 함께 있던 아이들을 위해서 목숨을 걸고 비리 척결에 나선다? 과연 이 떡밥을 거절할 언론이 있을까?

'없지.'

아마도 이 떡밥은 한국뿐만 아니라 전 세계로 퍼질 것이다. 그리고 그와 동시에 그들이 만구파라는 소문도 퍼질 것이다.

"우와!"

아니나 다를까, 몇몇 사람들 입에서는 탄성이 흘러나온다.

그걸 위해서 알게 모르게 모든 노력을 다했다.

"안녕하세요. 전…… 강수련이라고 합니다. 전…… 만구파라는 사이비 종교에서 탈출했습니다."

그렇게 시작된 수련의 고백.

세상이 뒤집히기 시작했다.

"망할 사이비 종교 놈들!"

평소처럼 시위 준비를 하고 있던 만구파 사람들은 갑자기 날아온 날달걀에 깜짝 놀랐다.

"뭐야?"

어제만 해도 힘내라며 망할 정부 새끼들이라고 욕하던 사람들이 돌변한 것이다.

"무슨 짓입니까!"

준비를 함께하던 청계의 변호사는 어이없다는 듯 항의했다. 하지만 그는 오늘 주변의 시선이 어제와 다르게 무척이나 적대적이라는 사실을 느낄 수 있었다.

그 순간 자신에게 다가오는 한 무리의 사람들.

카메라부터 마이크까지, 누가 봐도 그들이 기자라는 사실을 알 수 있었다.

"당신들, 뭡니까?"

"취재 나왔습니다. 어제 새로운 증언이 나와서 한 가지만 묻겠습니다. 여러분들은 얼마 전 미군에 대한 테러를 자행한 그 만민구원파의 신도분들이 맞는지요?"

그 말에 준비하던 신도들의 얼굴이 무척이나 딱딱하게 굳었다. 시위하는 동안 만구파라는 사실을 절대 언급하지 말라고 해서 실제로도 언급하지 않았기 때문이다.

"누…… 누가 그런 소리를 합니까?"

"그럼 아닌가요?"

"그……."

지금까지 만구파에 남아 있는 사람들은 광신도들뿐이다. 그런 그들이 만구파가 아니라고 부정할 수가 없다. 말하지 않는 것과 말로 부정하는 건 다르다.

하지만 그렇다고 해서 여기서 만구파라고 해 버리면 무슨 일이 벌어질지 모른다. 만구파가 무슨 짓을 했는지 전 언론에 드러났기 때문이다.

"그건 우리 사정입니다. 그런 소리를 하는 인간이 누굽니까?"

"그럼 이 아이는 압니까? 자기 말로는 당신들이 되찾기 위해서 싸우는 그 아이라고 하던데요."

잽싸게 노트북을 들이미는 기자. 거기에는 하나의 동영상이 재생되고 있었다.

"수련이……."

자신도 모르게 딸의 이름을 중얼거리는 엄마. 그리고 그 말을 들은 기자들은 이 아이가 저들이 찾고자 하는 그 아이가 맞다는 사실을 확신했다.

동영상 속에서 강수련은 최대한 불쌍하게, 하지만 용기를 낸 듯한 모습으로 자신의 사정을 이야기하고 있었다.

—전 만구파에서 탈출한 강수련이라고 합니다. 제 부모님은 만민구원파의 광신도로 저에 대해 관심이 없습니다. ……만민구원파는 선지자라는 사람의 명령으로 약혼 대상이 정해집니다. 저 역시 그의 명령으로 나이 서른아홉 살 먹은 약혼자가 생겼습니다. 하지만 전 그를 좋아하지도 않습니다. 하지만 이 문제는 개인적인 문제 이상입니다. 실질적으로…… 그렇게 약혼이 정해진 아이들은 부모가 만구파의 신도라는 점과 약혼했다는 점 때문에 성 노예 취급을 받으면서 살게 되고, 실제로 이미 그렇게 된 아이들이 많습니다. 저 역시 그런 위험을 겪었지만 목숨을 걸고 저항하여 제 몸을 지킬 수 있었습니다. 그 와중에 새론의 도움으로 그들의 마수로부터 벗어날 수 있었습니다. 하지만 아직도 그곳에는 수많은 친구들이 있고 그들을 성 노예로 바라보고 농락하는 타락한 사람들이 있습니다. ……여러분, 도와주세요. 제 친구들이 그리고 동생들이 누군지도 모르는 자들의 성 노예로 팔려 가지 않도록 구해 주세요. 물론 이 말을 한 이상, 제 목숨이 위험해질지도 모릅니다. 하지만 그 아이들만 구할 수 있다면…….

그걸 본 사람들은 입을 다물었다. 인터넷에 빠르게 퍼지고 있는 사실이었지만 철저한 통제 상황에 있어서 그걸 몰랐던 만구파 신도들은 크게 당황했다.

"저 말이 사실입니까?"

"아닙니다."

"그럼 미성년자를 나이 차이가 많이 나는 상위 신도에게 넘기는 행동은 없습니까?"

"없습니다."

"그럼 저 아이가 말한 이야기는 뭔가요?"

"저 이단은 거짓말하고 있는 겁니다."

"이단? 그럼 당신들은 만민구원파가 맞다는 소리네요?"

"헉!"

함정 질문에 빠진 변호사는 당황했다.

그 순간 다시 날아오는 계란들.

"개새끼들!"

"너희들이 그러고도 인간이냐!"

아예 계란을 판째로 들고 온 건지, 바닥에 놓인 계란을 든 사람들이 마구 집어 던지고 있었다.

"으으으……."

변호사는 할 말이 없었다. 저 비디오에서 나온 말은 조금 과장되어 있을지언정 거짓말은 아니었기 때문이다.

"고작 중 3짜리를 성 노예로 팔아?"

"이 씨팔 새끼들아! 너희들이 위안부를 운영하던 쪽발이 새끼들이랑 뭐가 다른데!"

"철수합시다."

변호사는 할 말이 없었다. 이건 생각도 못 한 상황이다.

유리하게 가던 분위기가 단 하루 만에 홀라당 뒤집혀 버렸다.

"시위하라니까! 누가 시위하지 말래?"

"지금 그걸 말이라고 합니까?"

이런 상황에서 어떻게 시위를 한단 말인가? 시위는커녕 화장실만 가려도 해도 한 명당 최소 1개 분대가 졸졸 따라다닐 판국이다.

"철수!"

황급하게 짐을 정리하는 만구파 사람들.

그때였다.

갑자기 한구석이 웅성거리는 듯하더니 전투경찰들의 대열이 옆으로 쫘악 갈라졌다.

'혹시……'

누군가 도와주러 온 거 아닐까 하는 희망을 가진 사람들은 고개를 돌렸다. 하지만 그 갈라진 곳에서 시커먼 양복에 선글라스를 쓴 사람들이 나타나자 그 희망은 물거품이 되었다.

특히 변호사는 절망에 빠졌다.

'설마……'

저런 복장을 한 사람들에 대해 짐작 가는 곳이 있기 때문이다.

"국정원에서 나왔습니다."

가장 듣기 싫어하는 이름이 나왔다. 그리고 연이어 가장 듣기 싫은 질문이 들려왔다.

"이 새끼들, 어디서 사주받은 거야?"

"사주받은 거 아닙니다. 우리는 개인적으로 종교적 신념에 따라 움직일 뿐입니다."

"그래서 그 종교적 신념이 테러냐?"

"끄응……."

이쯤되면 아무리 노력해도 분위기를 바꿀 수 없기에 그들은 조용히 짐을 싸서 움직일 뿐이었다.

그러자 움직이는 그들을 따라서 수십 명의 기자들이 달라붙었다.

"소문이 진짜인가요?"

"만구파 맞습니까?"

"아이들을 자신의 의사와 상관없이 약혼이라는 이름으로 상위 신도에게 바치는 일이 있습니까?"

"대답해 주세요!"

하지만 그들인 탄 차는 부랴부랴 짐을 싣고서 신호도 무시한 채로 우르르 도망쳤다.

그리고 그들의 뒤로 여러 대의 경찰차들과 전경 버스들 그리고 미군 험비들과 정체 모를 시커먼 선팅을 한 차들이 줄줄이 따라갔다.

이것이 법이다

만민구원파 의혹이 사실로.

권력 상위 20% 안의 신도 중 미혼 남자 신도의 70%는 약혼자가 미성년자.

법원, 만구파 소속 해당 부모에 대한 친권 상실 결정.

일부 신도들, 돈을 받고 상위 신도에 아이 넘긴 정황 발견.

만구파에 잡혀 있는 아이들, 새론에 구원 요청.

새론 법무법인, 아이들을 위해서 친권 상실 신청을 하기로.

유래만 경기도지사, 이런 사태에 통탄한다며 울분을 감추지 못해.

한편 도움 요청을 거절한 구청장과 시의원, 할 말 없다며 도주.

끊임없이 나오는 뉴스들. 그리고 그 메인에 올라와 있는 사진들은 다름 아닌 강수련의 사진들이었다.

이제 막 피어나는 아름다운 소녀가 눈물까지 흘려가면서 구원을 요청하자 전 국민이 벌 떼처럼 일어났고, 노형진의 예상대로 기자들은 더욱 맛있는 먹잇감을 발견한 하이에나처럼 달려들었다.

"이거…… 만구파가 작살나는군요."

"그렇겠지요."

이젠 아예 만구파 소속이면 법원과 경찰에서 의심부터 하고 주변 사람들이 정신감정을 받으라고 할 만큼 분위기가 좋지 않았다.

강제로 성 노예가 될 뻔한 아이들이 강수련의 사태에서 용기를 얻어서 탈출하기 시작하자 그동안 드러나지 않았던 만구파의 비밀들이 사방으로 퍼졌던 것이다.

"나온 아이들은 어떻게 될까요?"

"아마도 보육원으로 가겠지요. 하지만 그래도 최소한 저 망할 사이비 종교 집단보다는 안전하지 않겠습니까?"

그 말에 민시아는 고개를 끄덕거렸다. 최소한 그들은 강간당할지도 모른다는 걱정을 덜게 되었다.

"수련이는 뭐 한답니까?"

"아, 조합 소속 엔터테인먼트에서 재능이 있다고 연기자 해 볼 생각 없냐고 물어봤대요. 그랬더니 자기도 연기 배우는 게 재미있다고 한번 해 보고 싶다네요."

"그래요?"

"네."

"다행입니다."

아마도 자신이 회귀 전이었다면 그녀는 그 만구파에게 끌려서 결국 강제로 결혼하고 암담한 삶을 살았을 것이다.

하지만 이제는 자유롭게 자신의 꿈을 향해서 움직일 수 있게 되었다.

"그래도 만구파는 버티네요."

"종교니까요."

광신에 빠진 부모들은 아예 재판에도 나오지도 않았다.

재판을 신청한 아이들은 이단이니, 자신의 자식이 아니라는 식으로 말하면서 말이다. 국민들의 입장에서는 그마저도 어이없는 짓이었다.

"그래도 많은 아이들이 자유를 찾아서 다행입니다."

노형진은 창밖을 보면서 중얼거렸다.

이런 식으로 한다면 미래의 비극적인 사태를 막을 수 있을지도 모른다.

현대판 하오문?

"후우!"

노형진은 얼굴을 문지르면서 자리에서 일어났다.

"노 변호사, 오늘은 일찍 퇴근하네?"

그가 나가려는데 송정한이 그를 발견하고는 불렀다.

"아, 오늘 동창회가 있어서요."

"동창회?"

"네."

"뭐, 그럼 다녀와야지."

노형진의 말에 아무런 말도 하지 않고 보내 주는 송정한.

노형진은 그곳을 나와 택시에 타고는 기대앉았다.

"피곤하다."

아무리 자초한 일이라고 하지만 요즘은 너무 바빴다. 이대로 가다가는 쓰러져 죽을지도 모른다고 생각할 정도.

"그나저나 준비하는 게 다 되어 가니까 망정이지."

안 그랬다면 동창회는커녕 집에도 못 들어갈 뻔했다.

그가 그렇게 피곤한 몸을 이끌고 도착한 곳은 어느 고깃집이었다. 장소에 도착한 택시 기사는 몸을 돌렸다가 피식 웃으면서 노형진을 흔들어 깨웠다.

"손님."

"응?"

"손님, 다 도착했습니다."

"네? 추르릅…… 아, 죄송합니다. 피곤해서요."

"하하하, 요즘에야 다들 그렇지요."

노형진의 말에 흔쾌하게 웃고 마는 택시 기사. 노형진은 택시 기사에게 택시비를 내고 고깃집으로 들어갔다.

"흐아암, 피곤하기는 한 모양이네."

마무리하느라 며칠간 못 잤더니 많이 지치기는 한 모양이다.

노형진이 안으로 들어가자 반갑게 맞이해 주는 친구들.

"여!"

"오! 잘나가는 노 변호사 아닌가?"

"잘나간다는 말은 빼지?"

"그럼 '죽여주게 나가는'이라고 해 줄까?"

"그래, 차라리 죽여라."

동창회라고 하지만 결국은 중학교 시절의 인맥이다. 거국적인 행사가 아닌 그 당시 친구들이 몇 명이 모여서 만든 것일 뿐.

"그나저나 요즘 어떻게 지내냐, 다들?"

"뭐, 죽을 맛이지."

"그래."

이제는 대부분 조금 있으면 군대에 가야 하는 나이다. 오늘 행사도 군대에 가는 녀석들을 환송하기 위해서 모인 것이다.

"에…… 동창회 회장으로서……."

"누가 저 녀석에게 회장 시켰냐?"

"내 회장의 직권으로 임명했다."

"닭이 먼저냐 달걀이 먼저냐를 따지냐? 회장이 돼야 회장 직권이 생기지, 회장도 아닌 놈이 회장 직권이 왜 생겨?"

"시끄러워. 그럼 네가 하든가."

그 말에 슬쩍 고개를 돌리는 친구 녀석들. 노형진은 그런 그들을 보면서 피식 웃었다.

"하여간 이번에 군대에 가는 녀석들이 무사히 돌아오기를 기원하면서 건배!"

"건배!"

시원하게 맥주를 들이키는 친구 녀석들.

"캬, 죽이네."

"그나저나 세월 빠르다. 같이 피시방에 놀러 다니던 게 엊그제 같은데 벌써 군대 가는 놈들이 이렇게 늘어나다니."

"벌써가 아니라 늦었지. 다녀들 오게나. 나와 형진이가 기다려 주마."

그 말에 고개를 갸웃하는 사람들.

"형진이야 벌써 제대했다고 치고, 넌 안 가?"

"난 면제지롱."

"우우우, 이건 비리야! 신고 안 되냐?"

"후후후, 어둠의 자식들 같으니라고."

이런저런 이야기를 할 때였다. 누군가 노형진을 보더니 뭔가 생각난 듯 손바닥을 딱 쳤다.

"아! 맞다! 그러고 보니 너희들, 이규성 소식 아냐?"

"에이, 술맛 떨어지게 왜 그 새끼 이야기를 하냐?"

"맞다, 그 씹 새끼."

'이규성이라.'

노형진은 그 이름을 듣고는 옛날 생각이 났다.

교사면서 제자들뿐만 아니라 노형진의 친구였던 미영이마저 강간했던 선생. 노형진이 법정에서 날려 버린 최초의 인간이 바로 이규성이다.

"야. 형진이 기분 나빠한다. 그 새끼 이야기는 하지 마."

누군가 그 친구를 말렸지만 노형진의 생각은 달랐다.

"아니야. 말을 꺼내는 걸 보니 그놈한테 좋은 일은 아닌 것 같은데? 그런 거라면 들어 볼 만하지."

"얼, 역시 변호사. 날카로운데?"

친구 녀석은 씩 웃더니 맥주를 쭈욱 들이켰다. 그러고는 미소를 지으면서 친구들을 바라봤다.

"내 사촌 형이 교도소 교정직에 있잖아. 그래서 이런저런 이야기를 하다가 그 녀석 이야기가 나왔거든. 그런데 그 형이 그러는 거야. 혹시 아동 성범죄자? 얼굴은 좀 통통하고? 이규성이 딱 그런 스타일이잖아."

"그래? 그래서?"

그 소리를 들은 친구들은 그에게 바짝 달라붙었다. 학교를 뒤흔들었던 사건인 만큼 관심이 간 것이다. 더군다나 아는 사람이 발견했다니, 의외의 소식이 아닐 수 없었다.

"그래서 내가 그랬지. 어? 그걸 어떻게 아세요? 그랬더니 형이 막 미친 듯이 웃는 거 있지. 왜 그러나 했거든? 그 형이 뭐라고 했는지 아냐?"

"뭐라는데?"

"아, 뜸 그만 들이고 말 좀 해 봐."

노형진조차 그 소식은 듣지 못했기에 관심이 갈 정도였다.

"아, 글쎄, 그 녀석이 교도소에 갔는데 재소자들 사이에서도 원래 아동 강간범은 인간 취급도 안 해 준다네?"

"헐?"

"그런 일이?"

노형진은 그 말에 고개를 끄덕거렸다.

전 세계에서 가장 남성적이고 공격적인 세계가 어디일까?

군대?

물론 군대도 그렇지만 그보다 더한 곳이 바로 감옥이다.

그래서 대부분 공격적인데 그런 곳에서도 아동 성범죄자는 무척이나 싫어한다.

"자기네 교도소에서 유명하대."

"유명하다니?"

"교도소 공식 후장."

"쿨럭."

"켁켁."

"컥컥."

듣고 있던 친구들은 기겁했고 무심결에 물을 마시던 노형진은 생각지도 못한 단어가 튀어나와서 사레가 들릴 정도였다.

"그게 뭔 소리야?"

"그거 알잖아. 비누 좀 주워 줘."

"음……."

그건 남자들끼리 하는 우스갯소리이기도 하지만, 실제로 남자들만 있는 집단에서 벌어지는 동성 강간을 뜻하기도 한다.

그래도 소문과 달리 군대에는 그런 일이 별로 없지만 짧게는 몇 년, 길게는 평생 동안 여자를 볼 일이 없는 감옥에서는 그런 일이 무척이나 자주 있다.

"설마?"

노형진은 생각지도 못한 말에 어이없다는 듯 친구 녀석을 바라보았다.

"처음에는 아동 강간범이라고 하니까 복수한답시고 몇몇이 그걸 했대. 근데 의외로 이규성이 명기라서 그쪽 계열 죄수들이 놀라워했다던데?"

"명기?"

"음…… 남자한테 쓸 단어는 아닌 것 같은데."

"하여간 그 바람에 괄약근이 상해서 기저귀를 차고 다닌다더라."

"도대체 얼마나 당했기에……."

"나야 모르지. 치료하긴 하는데 그러면 뭐 해, 병실에서 나오면 다른 사람이 기다린다는데. 그러다 보니 괄약근이 상해서 똥이 줄줄 샌다고."

"헐……."

생각도 못 한 반전에 노형진과 친구들은 멍해졌다. 감옥에 있다는 건 알고 있었지만 그런 일이 벌어지고 있는지는 몰랐던 것이다.

"후우!"

노형진은 갑자기 술을 쭈우욱 들이켰다. 목을 타고 넘어가는 청량한 맥주의 느낌.

"형진아?"

"캬! 아주 속이 다 시원하네. 오늘따라 왜 이렇게 술맛이 기가 막히냐."

"큭."

"그렇기는 하네. 우하하하!"

어찌 보면 그에게 너무나 잘 어울리는 처지가 아닌가? 평생 기저귀 신세라니.

"큭큭! 하여간 그래서 아주 소문이 난 모양이야."

"그래그래, 그럴 만하지, 하하하."

더군다나 이규성은 남자치고는 가슴이 크다. 보통 여유증이라고 하는, 그러니까 남자치고는 가슴이 늘어진 타입이다. 얼핏 보면 가슴 작은 여자의 가슴 정도로 보일 정도로 말이다. 그러니 그쪽 계열의 범죄자들이 광분했을 것이다.

"멋진걸. 야야! 일어나! 2차 가자! 2차!"

노형진은 간만에 기분이 좋아졌다. 그동안 쌓여 있던 피로가 확 풀린 것처럼 말이다.

"얼! 야! 노 변호사님이 쏜단다! 가자!"

"가자!"

친구들은 그 말에 기꺼이 일어났고, 노형진은 기분 좋은 얼굴로 그들을 데리고 근처 다른 술집으로 향하기 시작했다. 간만에 들어 보는, 속이 시원한 소식이었기 때문이다.

⚖

늦은 밤. 유흥가는 흥청거리고 사람들은 많았다.

노형진이 친구들을 데리고 어디로 갈까 고민하는 그때였다.

"사장님, 여기로 오세요. 잘해 드릴게."

누군가 노형진의 손을 잡았고 노형진은 그를 바라보았다.

'삐끼인가?'

삐끼.

손님을 끌어오는 직원.

좋게 말해서 직원이지, 직원 대우도 못 받는 경우가 많다.

삐끼라는 것 자체가 그 이미지와 유흥가의 서열상 가장 바닥이라고 볼 수 있다. 그러다 보니 웨이터는 최소한 실내에서 술을 나르고 청소를 하지만 삐끼들 대부분은 그마저도 하지 않는다.

"형님, 오시라니까요. 끝내주는 아가씨들이 있습니다."

노형진과 그 일행을 어떻게든 잡아끌려고 하는 남자.

그를 떨쳐 내려던 노형진은 어쩐지 그의 모습이 눈에 익다는 것을 느꼈다.

'누구지?'

자신의 기억 속에서 아무리 찾아봐도 잘 기억나지 않았다. 그렇다면 사건의 의뢰인은 아니라는 건데…….

'그리고 삐끼라면…….'

그가 담당한 사건 중에 삐끼를 만났던 사건은 없다.

그렇게 한참 고민하던 노형진은 그 순간 이 사람이 누군지 기억났다.

"조혁우?"

"조혁우?"

그 이름이 나오자 얼굴이 딱딱하게 굳는 삐끼. 그걸로 확정적이었다.

조혁우. 원래 역사에서 자신의 매형이자 누나를 죽게 만든 장본인. 그리고 현생에선 자신이 판 함정에 빠져서 소년원으로 들어간 인간.

"사, 사람 자, 잘못 보셨습니다."

당황하면서 고개를 돌리는 조혁우. 하지만 노형진은 확신할 수 있었다. 조혁우였다.

'벌써 나왔나?'

그럴 가능성이 높다. 살인미수가 될 거라 생각했던 마지막 사건은 조혁우의 부모가 집까지 팔아서 막대한 뇌물을 준 덕분에 어찌어찌 상해 미수로 줄어들었다. 거기에 우리나라의 고질적인 문제인 미성년자 선처까지 합쳐졌다면 지금쯤 나왔으리라.

"그런 사람 모릅니다."

애써 멀어지려고 하는 조혁우. 그런데 노형진이 가지 않자 모여드는 사람들.

"무슨 일인데?"

"아니, 그게, 아는 사람인 것 같아서."

"아는 사람? 어, 조혁우다."

"크흠…… 사람 잘못 봤습니다."

그런데 그를 알아본 사람은 노형진만이 아니었다. 다른 사람까지 한두 명씩 그를 알아본 것이다. 결국 그는 삐끼 노릇을 하다 말고 바로 줄행랑을 쳐 버렸다.

"쯧쯧…… 그 소문이 사실이었네."

"소문?"

"아, 넌 2학년 끝내고 바로 학원에 가서 모르겠구나."

친구의 말에 따르면 조혁우는 어떻게 운이 좋아서 미성년자라는 이유로 아주 강한 처벌을 받지는 못했다고 한다.

하지만 재판 비용과 손해배상으로 집안은 풍비박산 났고 집에서는 쫓겨났으며 소년원에서 나오고 난 후에는 전과 때문에 취직도 못 하고 이리저리 떠돌기만 했다는 것이다.

"그나마도 일용직을 하다가 밤의 황제가 되겠답시고 유흥가에 투신했다는데 밤의 황제는 개뿔."

이 바닥도 어느 정도 돈이 있어야 돈을 버는 법이다. 그러니 아무것도 없는 조혁우는 할 수 있는 게 없어 결국 기껏해야 삐끼 노릇이나 하면서 살고 있단다.

"아마 이번에도 출소한 지 얼마 안 되었을걸."

"출소?"

"내가 듣기로는 손님의 술에 약 타는 술집에서 일하다가 걸려서 사기랑 협박으로 다시 들어갔다가 나왔다던데?"

"쯧쯧…… 학교 근방을 꽉 쥐고 있던 일진 짱이라는 인간이 참 많이도 망가졌다."

혀를 끌끌 차는 친구들. 하지만 노형진은 그걸 보면서 안도의 한숨을 내쉬었다.

'누나한테서 떨궈 낸 게 다행이지.'

인간쓰레기인 건 알고 있었지만 아니나 다를까, 그의 인생은 나락으로 떨어지고 있었다.

"야, 더 비싼 곳으로 가자."

"응?"

"그냥 갑자기 기분이 더 좋아졌어. 으하하하!"

노형진은 신나게 웃기 시작했다.

⚖

"준비가 끝났나?"

"네."

드디어 노형진이 만나자고 하자 유민택은 그를 뚫어지게 바라보았다.

"자세하게 한번 말해 보게. 일단 지난번에 들은 건 임시적인 계획이니까."

"간단합니다. 우리나라에서 가장 강대한 세력을 가진 집단을 우리 편으로 만드는 겁니다."

"강대한 세력?"

"네, 그리고 그 집단이 우리에게 넘어온다면 성화는 치명적인 타격을 입을 겁니다."

"그게 뭡니까?"

함께 동석한 이사라는 사람은 침을 꿀꺽 삼켰다.

"이 사람은?"

"김헌구라네. 이번 일을 담당하게 될 사람이네."

"아! 반갑습니다. 노형진입니다."

"김헌구입니다. 그런데 저도 회장님에게 대략적으로 이야기만 들어서 좀……."

"뭐, 간단하게 말해서 성화의 태생을 보면 됩니다."

모든 그룹들에는 태생이 있다.

미국의 어떤 유명 자동차 회사는 원래는 트랙터를 만드는 회사였고 어떤 곳은 작은 홈페이지를 만드는 곳이었다. 대룡의 시발점이자 대룡이라는 이름을 사용한 곳은 작은 자동차 공업사였다.

"성화는 원래 군수 쪽 기업이었지요."

"그렇지."

원래 성화는 군수 기업으로, 군대에 식료품을 납품하던 곳이었다. 그리고 어떤 기업보다 빠르게 성장했다.

"그 이면에 무슨 일이 있었는지는 아시죠?"

그 말에 두 사람은 고개를 끄덕거렸다. 기업을 운영하는 입장이니 모를 수가 없다.

하물며 복마전 중 복마전이라고 할 수 있는 군대다.

온갖 뇌물과 비리가 판을 치는 곳.

그곳에서 급속도로 성장했다는 건 반대로 말하면 가장 비리가 많은 곳이라는 뜻이다.

"그 부분을 공략하는 겁니다."

"어떻게? 무슨 수로?"

"그 복마전을 건드리는 겁니다."

그 말에 김헌구는 얼굴을 찌푸렸다.

"무슨 수로 말입니까? 그건 불가능합니다."

"불가능하다니요? 왜요?"

"그거야…… 워낙 그들의 질서가 공고해서 말입니다."

맞는 말이다. 그들의 질서는 공고하다. 심지어 조사하려고만 하면 군사기밀이라는 이유로 아예 증거 자체를 내놓지 않는다.

그 결과, 상황은 개판인데 그들은 더욱 썩어 가고 있다.

"그거야 다들 위만 바라보니까 그렇지요."

"무슨 말씀인지?"

노형진은 군대 경험이 두 번이다. 회귀 전에는 일반 병사로 바닥을 박박 기었고 회귀 후에는 장교로서 나름 편하게 다녀왔다. 그 덕분에 그 양쪽의 생리를 누구보다 잘 이해하고 있었다.

"계획은 이렇습니다."

노형진은 천천히 말하기 시작했고 그 두 사람은 입을 쩍 벌렸다.

⚖

며칠 뒤 그들을 만난 사람은 다름 아닌 하사관이었다.

"우리를 지원해 준다고요?"

하사관 중 한 명은 고개를 갸웃했다. 그도 그럴 것이, 얼마 전에 갑자기 변호사라는 녀석이 접근하더니 생각지도 못한 제안을 했다.

"네, 우리 대룡에서는 하사관 여러분을 위해서 여러 가지 도움을 드리고자 합니다."

"목적이 뭡니까?"

대표로 보이는 남자가 의아한 표정이 되었다.

"목적이라니요?"

"목적이 있을 거 아닙니까? 우리를 공짜로 도와주겠다는 것은 아닐 테고."

"당연히 있습니다. 대룡에서는 우리나라 국방이 바로 서기를 원합니다."

"그게 가능할 리가……."

"있지요. 나서면 되는 겁니다."

"나서면 된다?"

"네."

노형진의 말에 하사관들은 고개를 갸웃했다. 노형진은 그들의 대표, 자기를 박재섭이라고 소개한 사람을 바라보면서 자신의 의견을 꺼냈다.

"여러분도 알다시피 우리나라 국방 쪽은 썩을 대로 썩었습니다. 특히나 장교들은 아주 곪아 터졌죠."

"그거야 그렇지요."

일단 소령만 달아도 엄청난 뇌물을 받아 챙기기 시작한다. 장군쯤 되면 뇌물의 단위가 달라지고 말이다. 그 때문에 피해를 보는 것은 다름 아닌 병사들과 하사관들.

"왜 그럴까요?"

"고발해 봐야 아무 의미가 없지 않습니까?"

맞는 말이다. 군수 비리가 생기면 모든 것은 군법에 따라서 군사재판소에서 처벌한다.

문제는 지난 몇 년간 수백 수천 건의 재판이 있었지만 그중에서 군수 비리로 제대로 처벌받은 사람은 단 한 명도 없었다는 것.

어떤 식이냐 하면 군대에서 썩은 빵을 부식으로 납품하던 녀석이 잡힌 적이 있었는데, 관련된 자들은 경고를 먹었지만 그 빵은 그다음 해에 다시 납품되었다. 결과적으로 바뀌는 게 없는 것이다.

"그걸 바꾸려고 하는 겁니다."

"그러니까 뭔 수로요?"

"하사관들의 힘으로 말입니다."

"우리들의 힘으로?"

"군대의 힘은 뭘까요? 장교들? 장군들? 웃기지 말라고 하십시오. 군대의 진짜 힘과 주인은 하사관들과 병사들입니다."

장군이 없어도 전쟁은 할 수 있다. 다만 큰 그림을 그리기 힘들 뿐이다. 게다가 하사관이 지휘할 수도 있다.

하지만 하사관이 없으면 장교와 병사들의 중간을 통제할 사람이 없으며 병사가 없으면 아예 전쟁 자체가 성립되지 않는다.

"그런데 그들은 하위 계층이라는 이유로 무시당하고 이용당하지 않습니까?"

"그거야 그렇지요."

"그러니 뭉쳐서 움직이는 겁니다. 장교들은 군인공무회라는 걸 만들어서 온갖 비리를 다 하고 있는데 억울하지 않습니까?"

"음……."

군인공무회는 제대한 장교들이 속하는 곳으로, 쉽게 말해 군인을 대상으로 하는 사업가다. 문제는 이들이 인맥을 이용하여 쉽게 거래를 따 오는 온갖 비리의 핵심이라고 할 수 있다는 것이다.

막말로 우리나라 군 내 비리의 80% 이상은 이들을 통해서 이루어진다고 할 수 있다. 이들은 인맥을 이용하여 직접적으로 아주 질 나쁜 군수품을 납품하거나 브로커로서 질 나쁜 군수품을 납품할 수 있게 도와주고 돈을 받는다.

그리고 그렇게 도와준 장교들이나 장군들이 제대하면 한 자리를 주면서 받아 준다. 이러니 공무회의 비리가 사라지지 않는 것이다.

"우리도 거기에 가입할 수 있습니다만?"

"그래서 무슨 혜택이 있습니까?"

있느냐고?

없다.

명목상으로는 군인공무회에 하사관이나 군대에서 일하는 군무원들도 가입할 수 있다. 그러나 그런 사람들은 군납에 대한 결정권을 가지고 있지 않아 가입해 봐야 아무런 혜택도, 지원도 없이 방치될 뿐이다. 최소한의 지원만 해 주고 장교 출신들이 다 해 먹는다.

"그래서 우리 대룡에서는 여러분들의 계획과 하사관과 일반 병사들의 모임인 대군회를 지원하기로 했습니다."

"으음……."

대군회. 대한민국 군인회.

몇몇 퇴역 하사관들과 제대 병사들이 뭉쳐서 만든 집단으로 장교들의 비리에 대응하기 위해서 만들어졌다……는 말과는 다르게 그저 힘도, 백도 없는 친목 집단이다. 원래 역사에서는 회원 수도 그다지 많지 않았고 말이다.

노형진 역시 인터넷에서 잠시 본 것이 다인 집단.

"왜 우릴?"

"고인 물은 썩기 마련입니다. 그리고 장교 집단은 썩을 대로 썩었지요. 그걸 고치려는 것뿐입니다."

"흠……."

물론 진실은 좀 다르다.

성화가 가장 공을 들이는 대상은 누굴까?

바로 장교다. 가장 수익이 많이 남는 곳은 다름 아닌 군대이기 때문이다.

아무리 불량품을 주고 아주 비싸게 가격을 올리는데도 군인공무회에 연계되어 있다면 절대 수사나 처벌를 받지 않는다. 설사 한다고 해도 아무런 문제도 발생하지 않는다.

'얼마 전에도 그랬지.'

성화베이커리에서 만든 햄버거용 빵이 공급된 적이 있었다. 싸구려 밀가루로 만들었다는 건 둘째 치고 유통기한이 지난 빵을 공급하는 바람에 무려 이백 명이 넘는 병사들이 실려 갔지만 성화는 여전히 군용 빵을 독점하고 있는 상황.

이게 다 군인공무회에서 판사들과 장군들에게 부탁해서 가능한 일이었다. 당연히 군인공무회의 최대 지원자는 성화다.

"흠…… 하지만 무슨 수로요? 여러분도 알겠지만 우리에게는 아무런 결정 권한이 없습니다."

군대에 있을 때조차도 아무런 힘이 없어서 제대로 저항도 하지 못했다. 이제는 제대한 상황에서 무슨 의미가 있단 말인가?

"하지만 숫자가 많지요."

"그거야 그렇지만……."

숫자가 이만저만 많은 게 아니다. 막말로 대한민국의 남자 대다수는 그 안에 속해 있는 데다 하사관이라는 특성상 짧게는 3년, 길게는 수십 년씩 근무한 사람들도 있기 때문이다.

"그걸 이용하는 겁니다."

"그걸?"

"네, 여러분들은 이 세계의 매의 눈이 되는 겁니다."

"매의 눈?"

"그렇습니다."

얼마 후, 하사관들 사이에서 조용히 어떤 소문이 퍼지기 시작했다. 군 관련 내부 비리를 고발하는 사람들에게는 사건에 따라서 소정의 보상금과 더불어 대룡 관련 기업체에 무조건 채용한다는 조건을 내건 것이다. 그리고 그 사실은 하사관들에게 빠르게 퍼지기 시작했다.

"음……."

윤길준은 제대한 친구에게서 온 문자를 보면서 불안감에 책상을 톡톡 두들기고 있었다. 친구는 그보다 1년 먼저 군대에 하사관으로 왔고 그는 1년 늦게 왔다.

그런데 친구는 장기에서 떨어져 사회로 내던져졌다.

"장기 떨어지면…… 나도 그 꼴이 될 텐데……."

장기를 지원하기는 했지만 자신이 평소에 다른 하사관들처럼 고위 장교에게 아양을 떤 적도 없고 그렇다고 뇌물을 준 적도 없다는 걸 누구보다 잘 알고 있었기에 떨어질 걸 예상하는 윤길준이었다.

"그런데…… 이게……."

그런데 그런 그에게 온 제대한 친구의 문자. 그건 부대 내부의 비리 서류를 가지고 오면 자신과 윤길준이 거대 그룹인 대룡에 정규직으로 채용될 거라는 내용이었다.

"으으으……."

윤길준은 고민에 빠졌다.

"가지고 가야 하나?"

그렇게 된다면 자신의 군인으로서의 삶은 끝장나는 것이나 마찬가지다.

군대는 내부 고발자를 용서하지 않는다. 그렇기에 군대가 썩어 갈 수밖에 없는 것이다. 기껏 장기 지원을 해 놨는데 그건 내키지 않았다.

"으으으……."

그렇게 그가 고민으로 며칠간이나 잠자지 못하고 있을 때였다.

"길준아! 중사 윤길준! 편지다."

고참이 가지고 온 편지를 본 그는 심장이 미친 듯이 뛰기 시작했다. 고참도 그걸 안다는 듯이 혀를 끌끌 차고는 바깥으로 나왔다.

'이런 씨팔!'

그걸 확인한 그는 절로 욕설이 나왔다. 아니나 다를까, 장기 시험에서 떨어진 것이다.

"왜! 왜! 왜 그러는데!"

자신은 최선을 다했다. 다른 사람들이 놀 때 일했고 다른 사람들보다 실적도 좋았다. 비록 집이 가난해서 뇌물을 주지는 못했지만 그래도 노력하면 알아줄 거라 생각했다.

하지만 장기 복무에서 떨어졌다.

"이런 씨팔…… 흑흑흑."

그는 고작 고졸이다. 만일 여기서 떨어지면 나가서 먹고살 방도가 없어 앞날이 깜깜해질 수밖에 없다.

"엄마……."

쓰러진 아버지와 그 병간호를 하는 어머니를 위해서라도 그는 돈을 벌어야 한다. 그래서 어떻게든 그 뇌물의 갭을 이겨 보겠다고 부정한 일을 시켜도 그저 묵묵하게 따랐다.

그리고 버려졌다.

"흑흑……."

그가 그렇게 한참 울고 일어났을 때 그의 눈에 들어온 것은 자신의 책상에 놓인 책이었다. 그는 그 책 사이에 끼워 둔 친구의 편지가 기억났다.

'그래…… 그게 있었지.'

분명 그랬다, 비리 관련 정보를 가지고 온다면 대룡에서 정규직 채용을 약속하겠다고.

"하지만……."

자신은 보급계이나 군수품을 관리하는 사람이 아닌 그저 수많은 하사관 중 한 명일 뿐이다.

그 순간 그의 머리를 스치고 지나가는 기억

군대 내에 비리가 없다?

그럴 리가 없다.

막말로 사소한 군수품 횡령부터 뇌물까지 온갖 비리가 다 있다. 당장 어제도 한 분대당 한 개씩 나온 수박이 위에서부터 하나씩 가족끼리 먹겠다고 가져가더니 1개 소대당 하나씩밖에 남지 않았다.

즉, 1개 소대당 네 개씩 나온 수박을 장교들이 죄다 자기들끼리 먹겠다고 들고 간 것이다.

솔직히 이건 비리에 속하지도 못한다. 1개 소대의 인원은 보통 마흔 명. 그 인원에게 한 통을 배분하라니 말도 안 되는 소리지만 장교들은 그런 걸 신경도 쓰지 않았다. 그저 자기 배를 채우는 데에만 신경 쓴다.

'하긴…… 취사장에 있는 고기도 가지고 가는 판국에.'

사병들이 가장 많이 하는 말 중 하나가 소가 장화 신고 지나간 국물이라는 말이다.

무슨 소리냐 하면 분명 소고기국인데 고기는 하나도 없다.

그럴 수밖에 없다. 군대에서 고기가 나오면 너도 나도 구워 먹겠다고 가지고 가기 때문이다.

"으응······."

그런 증거는 쌓이고 쌓였다. 이걸 가지고 간다면 그의 미래는 확 핀다. 들어가기도 힘든 대룡에 취업하는 데에 성공하는 것이다.

더군다나 대룡의 정규직은 하사관의 자리보다 월급도 훨씬 많고 복지 제도도 탄탄하다. 그는 능력이 없으니 공장에서 일하게 되겠지만 그건 상관없다.

그 돈만 준다면.

"싯팔 새끼들."

그는 자신의 책상 위에 있는 부대 구성 표를 노려보았다.

뇌물과 로비로 자신의 자리를 빼앗은 인간들.

그 녀석들에게 복수하고 싶었다.

"그래, 뒈져 보자, 이 싯팔 새끼들아."

그는 자신의 핸드폰을 챙겼다. 분명 오늘 삼겹살이 나온다고 했다. 그리고 그동안의 행동을 봐서는 장교들과 일부 썩어 빠진 하사관들의 행동은 뻔했다.

⚖

"이런 미친······."

김헌구는 엄청난 양의 제보에 솔직히 어이가 없어서 말이 안 나왔다. 기껏해야 수십 개나 올까 했는데 엄청난 양의 비리가 제보되고 있었던 것이다.

"이게 어떻게 된 겁니까?"

솔직히 김헌구는 이해할 수가 없었다. 군대 내부에도 비리 문제를 고발할 곳이 있다. 그곳에서는 일거리가 없어서 논다는데 여기는 미어터진다니.

"간단한 겁니다. 그쪽은 고발하면 처벌받습니다. 보호해 준다곤 하지만 사실상 내부 고발자가 처벌받는 구조이지요."

"그건 그렇지요."

군대에서는 정작 고발한 사람은 처벌받고 고발당한 사람은 영전하는 경우가 아주 흔하다.

"그러니 안 하는 겁니다. 하지만 누군가 보호해 준다면 그들로서는 거리낄 게 없을 겁니다."

"그래서 취업 조건을 걸라고 하신 거군요."

"네."

단돈 얼마가 아닌 취업하여 활동하는 미래를 약속하자 사람들이 고발하기 시작한 것이다.

"단순 절도부터 부품 바꿔치기까지……. 없는 게 없네요. 군납 비리가 복마전이라고 하더니."

김헌구는 어이가 없다는 듯 중얼거렸다.

"그나저나 이렇게 미친 듯이 오는 것도 부담스러운데요."

어찌 되었건 고발자들은 고용하기로 했다. 그런데 이대로라면 너무 많은 사람들이 오게 된다.

"걱정 마세요. 조만간 끝날 겁니다."

"어떻게 아십니까?"

"시기가 시기니까요. 제가 왜 기다려 가면서 이 시기에 했는지 아십니까?"

"시기?"

확실히 유민택 회장의 말로는 제법 오래전에 계획이 있다고 했다. 그런데 왜 이제 와서 시작한 것일까?

"솔직히 모르겠습니다."

"이 시기에 장기 지원자 결과가 나오거든요."

"장기 지원자 결과?"

"네."

하사관들이든 장교든 계속하려면 장기 지원을 해야 한다. 거기서 통과되면 계속 군대에 있는 것이고 통과하지 못하면 방출되는 것이다.

"이 시기가 되면 장기 지원을 한 사람들이 심각하게 예민해집니다. 그리고 떨어지면 오만 잡생각이 나기 마련이지요. 암울한 미래에 대한 두려움뿐만 아니라 난 노력했는데 왜 떨어트린 거냐는 식의 배신감도 느끼고 말입니다."

김헌구는 노형진이 노린 것을 바로 알아들었다.

그 와중에 비리를 제보하라고 하면 무슨 생각이 들까?

어차피 장기는 글러 먹었다. 즉, 세상에 버려지는 셈이다. 거기에다 나가면서 제보하면 자신을 배신한 놈들에게 복수도 할 수 있다.

"그래서?"

"네, 그래서 이렇게 밀려드는 겁니다. 아마 이 시기가 지나면 좀 뜸해질 겁니다만."

"대단하시군요."

설마 그런 시기까지 계산한 거라 생각하지 못한 김헌구는 왜 유민택 회장님이 그를 데리고 오지 못해서 안달인 건지 알 것 같았다.

확실히 사람이 복수심에 사로잡히면 못할 게 없다고 한다. 거기에다 미래까지 보장되는 복수라면 누가 거절하겠는가?

"근데 대한민국 군인회는 왜 끼워 넣은 겁니까? 이래서는 의미가 없을 것 같은데요?"

언론에 한번 공개했다고 이 난리라면 대군회라는 집단은 의미가 없다.

"물론 이번 건만 보면 그렇지요. 그런데 우리 목적은 대한민국 군대를 깨끗하게 하는 게 아닌 성화잖아요?"

"그거야 그렇지요."

물론 군대가 깨끗해지면 손해 볼 건 없다. 하지만 지금은 대군회와는 전혀 상관없는 일처럼 보였다.

"뭐, 그렇게 보일 수도 있습니다만 실질적으로 대군회가 우리의 업무의 핵심이 될 겁니다."

다만 좀 더 시간이 걸릴 뿐이었다.

대한민국 국방부는 발칵 뒤집혔다. 부사관들이 가지고 나
간 온갖 비리들을 대군회라는 집단에서 지속적으로 발표하
고 있었기 때문이다.

국방부에서는 그걸 막기 위해서 군사기밀을 가지고 가지
말라고 협박했지만 법원에서는 범죄 사실은 군사기밀에 해
당되지 않는다며 선을 그어 버렸다.

"이런 젠장."

국방부 차관인 박광우는 입안이 바짝바짝 타고 있었다. 이
렇게 대대적으로 부사관들이 반란을 일으킨 건 처음이었다.

물론 반란이라고 해서 그들이 전쟁하는 건 아니다. 하지만
그동안 알게 모르게 벌어지고 있던 비리나 부정행위에 대해
서 모조리 까발리기 시작하자 군대라는 집단에 대한 부정적
인 인식이 사방으로 퍼져 있다는 것이 문제였다.

"나가는 놈들은 다 확인하고 있는 거야?"

"있습니다만……."

그렇다고 비밀이 나가는 걸 모두 막을 수는 없다. 이메일
과 같은 방법이 지천으로 널린 데다가 범죄행위의 증거를 가

지고 나가서 신고하는 것을 막는다는 것까지 증거로 챙겨 가는 바람에 도리어 욕만 더 먹었다.

"아무래도 장기 복무에 떨어진 복수인 것 같습니다."

"그렇다고 몽땅 장기 복무를 인정할 수는 없잖아!"

물론 그렇게 하고 싶지만 예산이 없다. 그렇다면 부정행위 자체가 없어야 하는데 그게 될 리가 없다.

"젠장."

심지어 부사관들뿐만 아니라 병사들까지 제대하면서 부정 행위에 관련된 증거를 들고 나갔다. 그들이라고 해서 바깥에서 새로 준비하는 두려움이 없는 건 아니었기 때문이다.

⚖️

"이거 진짜 많다."

송정한은 몰려드는 증거들을 분리하고 정리하는 데에 도움을 주다가 고개를 흔들었다.

"생각보다 심하죠?"

"생각보다? 이건 조직이 비리로만 굴러간다고 해도 할 말이 없는 수준인데?"

병사들에게 가야 하는 물품을 횡령하는 건 아예 비리 취급도 못 받을 지경이었다.

특히나 부사관들의 경우, 부품이 가짜라거나 극도로 질이 안 좋다는 증거를 모조리 확보해 오고 있었다.

"계획한 거야?"

"네, 군대란 조직은 결국 이들의 힘으로 움직이는 거니까요. 부사관과 병사들의 시선을 피하고 부정을 저지르는 게 가능하다고 생각하세요?"

"음…… 불가능하지."

그건 불가능하다. 당장 가장 비리가 많이 생기는 곳인 병사들에게 가는 물건에서 생길 수밖에 없다.

일단 그 물품이 제일 양이 많은 데다가 상식적으로 장교들이 자신들이 사용하는 물건이 불량인 것을 그냥 두고 볼 리 없으니 말이다.

"그래서 이런 계획을 짠 겁니다. 실질적으로 어차피 부사관 중 일부와 거의 대부분의 병사들은 군대에 두 번 갈 일은 없습니다. 즉, 합당한 보상만 준다면 그들은 거리낌 없이 부정을 고발할 거라는 거죠."

"그거야 그렇지."

"현대의 하오문 같은 겁니다."

"하오문?"

"거 있지 않습니까, 무협지에 나오는?"

"무협지?"

"그냥 그런 게 있습니다."

노형진은 송정한에게 설명하려다가 말았다. 아무래도 그

런 걸 읽어 본 적이 없는 사람인 듯했던 것이다.

하오문은 무협지에 주로 등장하는 곳인데, 주요 사회 지도층이 아닌 사회 하층민을 기반으로 만들어지는 집단으로 질적인 부족을 양적인 정보로 보충한다. 그래서 무협지에서 주로 정보 조직으로 활동하며 개방과 하오문의 눈을 피한 채로 활동하는 것은 불가능하다는 게 일반적인 논리다.

'군대도 마찬가지야.'

불량 무기를 사용한 전차를 모는 건 하사관이고 불량 식품을 먹는 건 병사들이다. 반면에 장교들은 거리낌 없이 자기 돈으로 사제 물건을 사용한다. 뇌물 덕분에 돈이 두둑하기도 하지만, 동시에 그로 인해 군대 물품의 질이 좋지 않다는 사실을 알고 있는 탓이다.

대표적인 예가 군화와 침낭이다.

군화는 무엇보다도 군인에게 필수적인 물건이지만 질이 떨어져서 실제로 지급품을 사용하는 장교는 보기 힘들다.

침낭의 경우는 그 돈이면 오리털로 만든 질 좋은 침낭을 구입할 수 있다.

그러나 한국에서 지급되는 침낭은 싸구려 솜으로 만든 무거운 구형이다. 애초에 중간에 챙겨 먹는 게 많은 탓이다.

"근데 말이야, 전부터 이야기하려고 했는데."

정리하던 송정한은 고개를 돌려서 노형진을 바라보았다.

"이거 성화랑 솔직히 관련 없는 거 아냐?"

당장 성화에 공격이 들어가는 게 아니기 때문이다.

"그렇게 보이죠. 그렇기에 제가 돌려서 공격하려는 겁니다."

"왜?"

"우리가 책임질 건 아니잖아요. 성화에서 돌려서 공격한 덕분에 우리가 타격을 크게 입었으니 똑같은 방식으로 돌려줘야지요. 물론 성화에서 파는 물건에 독극물을 넣을 수는 없지만."

"쩝……."

"제가 다른 것처럼 바로 들어가지 않고 오래 준비한 데에는 다 이유가 있습니다."

노형진은 미소를 지으면서 말했다.

큰 거 한 방

"이쯤이면 될 것 같은데."

엄청나게 몰려든 자료들의 정리가 끝난 노형진은 흡족한 얼굴이 되었다.

유민택 회장 역시 그걸 보면서 혀를 끌끌 찼다.

"성화 놈들은 왜 하필 노 변호사를 적으로 뒀을꼬, 쯧쯧."

"하하하."

하긴 이번에 그들이 당할 걸 생각하면 유민택의 입장에서 어이가 없을 것이다.

"무슨 말씀을 그렇게 하세요? 그렇게 만들고 계신 건 회장 님이잖습니까?"

"그거야 그렇지만."

대룡에서는 이번 일로 성화에서 입는 피해가 최소 조 단위를 넘는다는 결론이 나왔다. 수백 수천 번을 확인했지만 결과는 같았다.

지금까지 그들이 주고받은 공격은 기껏해야 수백 수천억 단위였다.

알로에 시장이 그리 크지 않았기 때문에 성화건강의 매출이 줄어드는 정도였고, 우유 쪽은 판매량이 부진하다고 해도 성화우유가 여전히 3위 자리를 지키고 있는 상황이다. 그런 상황에서 조 단위 공격은 결정타까지는 아니더라도 스트레이트 공격쯤은 되는 대미지를 줄 것이다.

더군다나 그 바탕이 성화의 목숨 줄이자 성화의 고향인 군남이라는 점에서 정신적 대미지는 그것보다 훨씬 클 수밖에 없다.

"이제 다 준비된 건가?"

"네, 저희 새론도 모든 준비가 끝났습니다. 변호사들을 총동원해서 공격에 들어갑니다."

"음……."

오늘을 위해 새론의 변호사들은 추가적인 소송을 최대한 줄이고 기존에 있던 소송들을 정리해 왔다. 그리고 새로 인원을 뽑기도 하고 말이다.

"기대하겠네."

"걱정하지 마십시오. 그나저나 대룡도 준비는 끝났죠?"

"그러네."

"좋습니다. 그럼 큰 거 한 방 날리러 갈까요?"

다음 날, 언론은 한 개의 뉴스를 대서특필하기 시작했다.

대한민국 군인회, 약칭 대군회라는 곳에서 병역 비리와 관련된 장교에게 손해배상을 청구했다는 것이다.

그 장교, 아니 중장은 육군으로 군화 납품 비리에 연루된 사람이었다. 그를 대상으로 소송한다는 건 놀라운 일이었다.

더욱 놀라운 건 그 소송이 군사법원이 아닌 민간 법원, 정확하게는 민사 법원에서 한다는 것이다.

그러자 그 대상자인 은지훈 중장은 난리가 났다.

"이런 시팔 새끼는 뭐 하자는 거야? 그 새끼들이 뭔데?"

"대군회 말씀이십니까? 대한민국 군인회라는 곳으로, 하사관이든 병사든 군대에 다녀온 대한민국 출신의 사람이라면 누구나 가입할 수 있는 곳이랍니다."

"그런데 왜 나한테 소송하는데!"

"소장에 따르면 장군님의 비리로 인해서 손해를 봤으니 그에 대한 손해배상을 요구한다고……."

"손해배상?"

"그렇습니다."

"군사재판에서 끝난 거 아냐?"

얼마 전 재수 없게 걸려서 군사재판을 하기는 했지만 결과적으로 거의 처벌받지 않고 끝났다.

그래서 완전히 방심하고 있었는데 자신들의 입김이 닿지 않는 민간 법원에서 재판하자고 할 거라고는 생각도 못 했다.

"국방부에서는 뭐라는데?"

"그게 국방부도 예상하고 있지 못했던 일이라 우왕좌왕하고 있습니다."

"이런 닝기미."

지금까지 군수 비리가 터지면 군사법원에 회부하고 적당히 선처해 주는 것이 관례였다. 서로 아는 사이라 끼리끼리 해 먹었기 때문이다.

하지만 민간 법원은 관리 자체가 아예 안 되는 곳이다 보니 국방부에서 방법을 찾지 못하고 우왕좌왕하는 상황.

"이게 가능한 거야? 이제 제대한 놈들이잖아?"

"법무 쪽 이야기를 들어 보니 가능하답니다. 군인도 대한민국 국민이기 때문에 누군가의 부정행위로 인해서 손해가 발생할 경우, 그 피해에 대한 손해배상을 청구할 수 있다고……."

그동안 일부 장교들은 병사를 인간이 아닌 도구로 인식하고 있었다.

도구는 저항하지 않는다. 그저 따라올 뿐이다.

그렇게 생각했던 것이다.

물론 병사들은 인간이었으나 그럼에도 그걸 참은 이유는 어차피 참고 지나가면 끝이라는 생각과 더러운 군대 꼴을 보기도 싫다는 생각에서였다. 하지만 민사라는 새로운 변수로 누군가 길을 열자 그들은 한두 명씩 뭉치기 시작했다.

⚖️

　"가입하시겠다고요? 일단 가입하시려면······."
　전화기에서 불이 난다는 말은 지금 같은 상황을 가리키는 것일 것이다.
　군 비리 장성과 장교들에게 손해배상을 위한 민사소송을 하겠다며 대군회가 나서자, 전국에서 제대자들과 하사관 출신들이 가입에 대해 미친 듯이 문의하기 시작했다.
　"벌써 소송 참가자가 1만 명을 넘었어요."
　이은영 변호사는 서류를 정리하면서 혀를 내둘렀다.
　"그럴 겁니다. 군대에 있는 군화는 질이 안 좋기로 악명이 높으니까요."
　농담이 아니다. 그 제작비의 대부분을 중간에서 빼돌리니까.
　'상식적으로 말이 안 되는 짓이지.'
　군대에는 3대 하체 질병이 있다. 봉와직염과 뒤꿈치 파열 그리고 무릎에 물이 차는 것.
　이것들이 생기는 이유는 간단하다. 일단 봉와직염은 신발을 날림으로 만들다 보니 군화 자체에 거의 통기성이 없어서 생기는 질병이다. 물론 내구성을 챙기면서 환기도 가능하게 만들 방법이 없어서 못 만드는 게 아니라 돈이 들기 때문에 안 만드는 것이다.

두 번째 질병인 뒤꿈치 파열은 원래는 제대로 무두질된 가죽으로 만들어야 하는데 무두질 비용을 아끼기 위해서 제대로 가공되지도 않은 가죽을 사용해서 일어나는 질병이다.

마지막으로 무릎에 물이 차는 경우는 최소한의 충격 완화 장치가 없기 때문에 발생하는 질병이다.

깔창조차 없는 게 군화다.

결과적으로 못 막는 게 아니라 중간에서 해 먹는 게 많아서 생기는 질병이다.

오죽하면 이 3대 질병으로 고생하지 않고 제대하는 놈은 군인도 아니라는 말이 있겠는가?

"군대가 모든 남자들의 무좀의 근원이라는 건 익히 알려진 사실이지, 암."

"유 회장님도 그러셨습니까?"

"지금도 이런데 우리가 있을 때는 어땠겠나?"

"하하하하."

유민택은 의외로 현역병 출신이었다. 그 덕분에 그는 이번 사태에 대해서 상당히 잘 알고 있었다.

"그나저나 고소했으니 그쪽에서 어떻게 나올 것 같나?"

"뭐, 뻔하지요. 어떻게 해서든 사건을 덮으려고 할 겁니다."

당장 고소 동참자만 1만 명이다. 노형진은 어떻게 해서든 동참자를 모으고 있었는데 그 수가 2만 명은 될 거라 예상하고 있다.

1인당 30만 원씩만 청구해도 그 금액은 60억에 달하는 거금이 된다. 그런데 만일 휴유증으로 치료받게 되면 그 비용은 터무니없이 높아진다.

그 장군이라는 작자가 얼마나 받았는지 모르지만 60억은 없을 가능성이 높다.

문제는 그 범죄 사실이 인정되었다는 것이다. 군사법원에서 처벌을 약하게 했다 뿐이지, 범죄 자체는 인정했으니 이건 빼도 박도 못하는 상황.

"그래도 빠져나갈 방법이 있지 않겠어요?"

"그렇겠지요. 아마 빠져나갈 겁니다."

"뭐라고!"

"네? 빠져나간다고요!"

노형진의 말에 유민택과 이은영은 깜짝 놀랐다.

지금까지 열심히 한 이유가 그들에게 응징하려고 하는 것 아닌가? 그런데 태연하게 빠져나간다니?

"왜들 그렇게 놀라세요?"

"놀라지 않게 생겼나? 우리가 왜 이 고생을 했는데!"

"왜 하기는요. 성화를 날리려고 하는 거 아닙니까?"

"아⋯⋯."

순간 유민택조차도 목적을 착각했다.

그만큼 대한민국 군대 조직의 부패에 실망하고 있다는 뜻
이리라.

"어떻게 나올지 압니다. 그리고 아마도 빠져나가겠지요.
하지만 그건 착각일 겁니다. 자신들은 빠져나갔다고 생각하
겠지만 실질적으로는 더 깊은 늪에 빠지는 꼴이라는 걸 느끼
게 될 겁니다. 후후후."

"으음⋯⋯ 자네, 무섭구만."

안 빠져나가도 손해 보는 건 없다. 그때를 대비해서 다른
방법도 준비해 놨다.

"그 준비를 하기 위해 제가 그동안 움직인 거 아닙니까?"

그러면서 한 뭉텅이의 서류를 꺼내는 노형진.

"그건 뭔가?"

"고발장입니다. 어디 보자⋯⋯ 한 놈, 두시기, 석삼, 너구
리⋯⋯ 딱 이백쉰 명이네요."

노형진의 말에 그를 도와 서류를 정리하던 이은영이 깜짝
놀랐다.

"무슨 고발요?"

"국가보안법 위반."

"네?"

"당연한 거 아냐? 군인으로서 이 나라에 해를 끼치고 북한

을 이롭게 한 행위를 빨갱이 아니면 뭐라고 불러야 한단 말이야? 안 그래?"

"그거야 그렇지만……."

"그럼 아무나 붙잡고 빨갱이라는 헛소리 하지 말고 제대로 빨갱이 사냥을 해 봐야지, 후후후후."

⚖

남희상 대위는 죽을 맛이었다. 등골이 오싹하고 똥구멍이 서늘한 느낌이었다.

자신이 올 곳이 아니라는 생각에 몇 번이나 일어났다 앉았다 하던 그는 누군가 문을 열고 들어오는 바람에 그마저도 할 수가 없게 되었다.

"휘유, 많이도 해 먹었네."

남희상 앞에 털썩 앉은 남자는 비릿한 얼굴로 그를 바라보았다.

"우리 쉽게 가자. 누구한테 사주받았어?"

"사주라니요?"

"몰라? 진짜 몰라?"

"모릅니다."

"하! 그래서 대한민국 장교라는 작자가 뇌물을 받고 부품을 사용도 못 할 재활용품을 받냐?"

"그게⋯⋯."

자신의 아래 있던 부사관들과 운전병들이 몽땅 증거를 들고 가는 바람에 뭐라고 부정할 수가 없었다.

"배후가 누구야?"

"베후는 없습니다."

"배후가 없다⋯⋯ 후우!"

앞에 있던 남자.

즉, 국정원 요원은 한숨을 쉬더니 갑자기 벌떡 일어나서 그를 차 버렸다. 수갑에 묶여 있던 그는 저항도 못 하고 의자와 함께 바닥을 나뒹굴었다.

"야, 이 빨갱이 새끼야! 군사 물품을 훼손하고 뭐? 사주받은 게 없어? 이거, 엄밀하게 말하면 사보타지야, 사보타지. 알아? 그런데 뭐? 이런 미친 빨갱이 새끼를 봤나!"

"커헉!"

발길질에 몸을 움츠리는 남희상.

"사방에서 빨갱이가 득실거리는 소리를 들었는데 이 빨갱이 새끼가 군대에까지 기어들어 와?"

"잠시만요! 난 빨갱이가 아니라 군인⋯⋯ 커헉!"

"그런 놈이 대한민국 군용 차량에 사보타지를 해? 이 빨갱이 새끼가 어디서 구라질이야!"

강제로 남희상을 일으킨 국정원 요원은 그의 뺨을 마구 때리기 시작했다.

"크헉!"

그렇게 두들겨 맞던 남희상은 순식간에 코피를 흘리며 축 늘어져 버렸다.

"후우, 쉽게 가자. 이거 국보법 위반이다. 사주받지 못했다는 개소리 하지 말고 뒤 까라."

"모릅니다."

"햐, 이거 진짜 독한 빨갱이 새끼네."

우드득거리면서 목을 꺾던 요원은 일어나서 주먹을 꽉 쥐었다.

"뒈져 봐라, 이 씨발 새끼야."

쾅!

국방부 장관은 눈앞에 있는 국정원장을 보면서 이를 악물었다. 단 일주일 사이에 무려 이백쉰 명에 달하는 장교가 그들에게 끌려갔기 때문이다.

"무슨 짓입니까!"

"무슨 짓은요. 빨갱이 때려잡는 중입니다."

"빨갱이? 그들은 대한민국 장교 입니다!"

"웃기는 소리. 당신이 증거 봤어요? 대한민국 주요 군수품을 횡령하고 군사물품에 불량 재료를 써 가면서 사보타지 했는데 그 녀석들이 장교라고?"

비웃는 국정원장의 말에 국방부 장관은 할 말을 잃어버렸다. 관련 증거를 받은 기억이 분명 있었던 것이다.

"으윽……."

"당신들이 제대로 안 하니까 우리가 나서는 거 아닙니까?"

국정원장의 말에 국방부 장관은 이를 바득바득 갈았다.

원래 국방부 쪽과 국정원은 사이가 좋지 않다. 둘 다 정보 라인을 가지고 노는 사람들이기 때문이다.

그러다 보니 서로를 견제해 왔는데, 서로 비밀주의를 지키기 때문에 공격할 건더기가 없다는 것이 문제였다.

"그들은 빨갱이가 아닙니다."

"확인해 보면 알겠지요."

엄밀하게 말하면 대한민국은 휴전 국가, 즉 전쟁 중 국가에 들어간다. 그런 상황에서 능력 저하로 이어지는 군수 비리는 어떤 식으로든 생산 능력이나 작전 수행 능력을 직간접적으로 타격하는 것을 뜻하는 사보타지로 해석될 수도 있다.

그 점을 노린 노형진은 그 장교들을 검찰이나 군대에 고발하는 대신, 사이가 좋지 않은 국정원에 증거와 함께 사보타지 및 국가보안법 위반 가능성이 있다는 식으로 고발했다. 그러자 안 그래도 국방부라면 이를 갈던 국정원이 이참에 길들이겠다면서 달려들어서 물어뜯기 시작한 것이다.

"이보시오, 국정원장. 이거 함정인 거 아시지 않소?"

자신들이 밀리는 상황인 걸 아는 국방부 장관은 조용하게
말했다.

하지만 실로 오랜만에 승기를 잡은 국정원장은 이대로 물
러날 생각이 없었다.

"그러니까 애초에 내부 단속을 잘하셨어야지요. 군인이라
는 자식들이 국가에 대해 사보타지를 하게 두면 됩니까?"

"이건 그냥 단순한 비리라니까요."

"글쎄요⋯⋯ 우리 국정원에서는 이런 비리가 생기면 잘라
버리지, 보호하지는 않아서요. 국방부가 이런 빨갱이 새끼들
을 보호하는 건 좀 문제가 있다고 보이지 않습니까?"

"이보시오, 원장."

국방부 장관은 속이 바짝바짝 타고 있었다.

그들이 불쌍해서?

아니다.

노형진이 고발한 인간들은 비리의 최일선, 즉 가장 선두에
서 있던 사람들이다. 그런데 그들이 잡혀간다면 그들은 빨갱
이라는 누명을 벗기 위해 뒤에 있는 장성들을 까발릴 게 뻔
하니 다급한 것이다.

"말씀하십시오."

"그만합시다."

"글쎄요, 전 이참에 빨갱이들을 박살 낼 거라 힘들 것 같
은데요?"

물론 그건 국정원장도 알고 있다. 국정원쯤 되는 곳에서 노형진의 목표를 모를 리 없다.

그럼에도 불구하고 넘어가 준 건 그들 역시 뒤에 있는 배경이 빨갱이가 아니라 군 장성들이라는 사실을 알기 때문이다. 이참에 장성들을 날려 버리고 승기를 잡으려는 것이다.

"국정원장!"

결국 보다 못한 국방부 장관이 소리를 지르는 찰나.

따르릉.

울리는 전화기에 두 사람의 시선이 향했다.

"잠시만요."

몇 마디 듣더니 전화기를 든 국정원장의 얼굴에 미소를 떠올랐다.

"이런, 이런, 회사에 일이 있어서 가 봐야겠습니다."

"회사?"

국정원 사람들은 보통 국정원을 회사라고 부른다. 그런 곳에서 다른 사람도 아닌 국정원장을 직접 부른다는 것은 큰일이 터졌다는 것이다.

"무슨 일이오?"

"나쁜 소식과 더 나쁜 소식이 있는데 뭐부터 들으실래요?"

"크윽."

국정원장의 얼굴에 가득한 승리의 쾌감을 발견한 국방부 장관은 낭패라는 사실을 알았다. 하지만 그의 대답을 듣기도 전에 국정원장은 이야기하기 시작했다.

"고발이 추가로 들어왔네요. 증거랑 같이 삼백 명이랍니다. 우리, 바빠지겠어요."

"크흑."

그 소리를 듣고 국방부 장관은 죽을 맛이었다.

그런데 문제는 저게 나쁜 소식이라는 것. 즉, 더 나쁜 소식이 있다는 것이다.

"그리고 조사해 봤는데 말이죠. 진짜로 빨갱이 세 명이 나왔다지 뭡니까?"

"뭐라고!"

국방부 장관은 벌떡 일어났다.

이건 듣던 중 최악의 소식이었다. 그 말인즉슨 북한의 전력이 대한민국 군대 내부에까지 끼어들었다는 것이다.

"무려 세 명입니다. 두 명은 북한 공작원에게서 자금을 받으면서 활동했고 한 명은 원래 북한 공작원으로 신분을 조작해서 들어갔답니다. 멋지군요. 이래서 국방부란…… 훗."

이는 즉, 이제는 국방부 장관이라고 할지라도 국정원의 행동을 막지 못한다는 뜻이다. 그걸 막는다는 건 국방부 내부에서 암약하고 있는 간첩을 보호하겠다는 의미가 되기 때문이다.

"하실 말씀 있습니까?"

"없소이다."

"그럼 가 보도록 하지요."

"……"

국정원장이 나가고 난 후 국방부 장관은 자신의 명패를 잡아서 집어 던졌다.

"으아아아! 이런, 젠장!"

"자네, 알고 있었나?"

"뭘요?"

"간첩이 숨어 있는 거 말일세."

다른 함정을 준비했다기에 기대는 하고 있었지만 이런 핵폭탄급 일이 터질 거라는 것은 유민택은 예상하지 못했다.

"뭐, 예상한 건 아니지만 기대는 하고 있었습니다."

"그럼 최소한 있다는 건 알고 있었다는 것?"

"네."

노형진이 봤을 때 간첩은 생각보다 여기저기에 있다고 생각했다. 다만 어디 있는지 모를 뿐이다.

그래서 고발을 넣으면서 '운이 좋다면 한 명쯤 걸리겠지.'라고 생각했는데 무려 세 명이나 걸린 것이다.

"이제는 어떻게 해야 하나?"

"언론을 이용할 때입니다."

"언론?"

"네, 이번 일은 국민들에게 엄청난 충격을 줄 겁니다."

"그거야 그렇지."

농담이 아니라 나라가 발칵 뒤집힌 상황이다. 다른 곳도 아닌 군대에서 간첩이라니.

"국정원에서는 아마 이참에 국방부에 최대한 타격을 주려고 하겠지요. 그러니까 군수 비리 문제를 개인의 비리나 착복보다는 계획적인 사보타지로 몰고 가려고 할 겁니다."

"그거야 당연하지."

유민택 역시 국방부와 국정원이 사이가 안 좋다는 것쯤은 알고 있으니까.

"이걸 대세로 만들어 버리는 겁니다. 이참에 언론 플레이를 적당하게 하면 군수 비리를 간첩으로 규정하여 처벌해야 한다는 여론이 생길 겁니다. 그리고 그 뒤를 캐면 당연히……."

"성화가 나오겠지! 옳거니!"

노형진의 말을 자르면서 먼저 말하는 유민택.

한국 최대 군수 기업이 성화다. 국정원이 조사하다 보면 어떤 식으로든 성화가 나오지 않을 수가 없다.

그렇게 된다면 성화에서 보급한 모든 물건에 대한 대대적인 검사가 이루어질 테고 질이 낮고 비싸다는 사실이 알려질 것이다.

"그때를 틈타서 대룡이 치고 들어가는 거죠."

"그래서 우리 보고 준비하라고 한 거구만."

그런 식으로 엮이게 된다면 아무리 성화라 할지라도 내년 도 군용품 보급에 큰 문제가 생기지 않을 수가 없다.

일단 지금까지 공급하던 비싸고 질 낮은 물건들은 공급하 기 어려워지니 단시일 내에 질을 높이기는 힘들 것이다.

하지만 대룡은 노형진의 조언대로 중소기업 중 실력이 좋 은 곳을 선점한 상태다. 즉, 입찰에 들어가면 바로 성화의 자 리를 빼앗을 수 있다는 것이다.

전이라면 뇌물을 받은 장군들이 지켜 줬겠지만 그때는 그럴 수 있을 리가 없다. 한번 피바람이 불었고 내부에 간첩이 발견 된 데다가 군수 비리를 이용해서 국방부에 타격을 준 국정원 이 먹잇감을 찾듯이 눈에 불을 켜고 찾아 댈 테니 말이다.

"허허허허."

물론 대룡은 그다지 수익이 나지는 않는다. 자체 제작 공 급하는 성화와 다르게 중소기업의 물건을 받아서 검사하고 공급하는 형태이기 때문이다.

그러나 성화의 가장 큰 시장 중 하나인 군납 분야를 빼앗 게 된다는 것이 중요했다.

"성화 녀석들, 지금쯤 난리가 났겠군."

"그렇겠지요."

노형진은 모르고 있었지만 간첩으로 잡힌 한 명이 성화의 주요 관리 대상이었고 성화에서 돈이 흘러들어 간 걸 발견한 국정원은 성화를 털 준비를 하고 있었기 때문에 그 사실을 안 성화는 이만저만 난리가 난 게 아니었다.

"어찌 되었건 이번 건은 임시적인 겁니다."

"임시적인 것?"

"3년만 지나면 다시 과거의 시스템이 돌아올 겁니다. 아무리 국정원이라고 해도 영원히 불편하게 지낼 수는 없으니까요."

"그건 그렇지."

그때는 분명 다시 뇌물로 질 낮은 물건이 들어가는 사태가 벌어질 것이다.

"그걸 막기 위해서는 우리가 준비한 함정이 잘 작동되어야 합니다."

"잘하고 있지 않은가?"

"솔직히 말해서 이건 그냥 부가적인 현상인 거지, 진짜 함정은 아닙니다."

"뭐라고?"

유민택은 깜짝 놀랐다.

지금 대한민국이 발칵 뒤집혔다. 그런데 이게 그저 부가적인 현상이라니.

"아마 제대로 된다면 그 후부터는 군납 비리라는 건 존재할 수 없게 될 겁니다. 그러면 아무래도 군납 비리 경험이 있는 성화보다는 확실하게 자리를 잡은 대룡이 유리해질 겁니다."

"고작 이게 부가적 현상이라니……. 진짜 큰 거 한 방이구만."

은지훈은 국정원에 끌려갔다 와서는 털썩 주저앉았다.

"이런 씨팔⋯⋯."

몰락하는·건 순식간이라는 이야기처럼 그의 몰락은 거의 광속으로 들이닥치고 있었다.

휘하에서 간첩이 나온 데다가 그걸 본 다른 장교들이 간첩이라는 누명을 쓰는 게 두려운 나머지 너도 나도 조작하라고 지시한 사람을 까발리기 시작했는데 문제는 그 사람이 그였던 것이다.

결국 은지훈 중장에 대해 사보타지 및 국가보안법 위반 혐의로 수사가 진행되기 시작했다.

어떻게 결정이 나든 국보법위반을 한 수사를 받았다는 것 자체가 그의 커리어는 끝장났다는 뜻이었다.

"이럴 수는 없어⋯⋯."

속속 드러나는 비리들.

그리고 그걸 증언하겠다며 자신들은 절대 간첩이 아니라고 주장하는 부하들.

전 국민이 들고일어나는 사회 여론.

자신의 집 앞에서 버티고 있는 기자들까지.

평생을 장군이랍시고 떠받들어지며 살아온 그에게는 버틸 수 없을 정도로 고통스러운 일들뿐이었다.

"여보, 할 말 있어요."

힘겨운 얼굴로 들어오는 아내.

"시끄러워! 입 좀 닥쳐!"

아무런 말도 듣기 싫었다. 지금은 모든 게 다 귀찮았다.

하지만 불행은 혼자 오지 않는다고 했다.

아내는 말하는 대신에 뭔가를 툭하고 그의 앞에 던졌다.

"이혼 소장?"

"이혼해요, 우리."

"뭐라고?"

"이혼해요. 이런 식으로는 더 못살아요!"

"지금 그걸 말이라고 지껄이는 거야!"

"그럼 애초에 잘하든가요. 온갖 패악질은 다하고 이게 무
슨 꼴이에요?"

"이런 개년이!"

그는 성질이 났다. 자신이 비리로 벌어 온 돈으로 잘 먹고
잘 살던 여자가 상황이 다급해지니까 이혼하자니.

"죽을래!"

"꺄아악!"

그가 손을 들어 올리는 순간 어디선가 주먹이 날아왔다.

"크헉!"

바닥에 나뒹군 은지훈은 자신에게 주먹을 휘두른 녀석을
바라보았다.

황당하게도 그 사람은 다름 아닌 자신의 아들이었다.

"무슨 짓이야? 죽을래?"

"죽여 보시죠! 아예 살인죄까지 뒤집어쓰시게요?"

"뭐?"

"입으로만 나라를 지키네 어쩌네 하면서 뒤로는 나라를 팔아먹어요? 그래 놓고 주먹질까지 해요?"

돈이 있고 백이 있다는 이유로 한평생 자신들을 억누른 아버지였다. 그런데 이제는 망해 가는 판국에 가족에게까지 주먹질이라니.

"재주껏 혼자서 잘 살아 보세요."

아들이 아내를 데리고 집을 나가 버리자 은지훈 중장은 텅 비어 버린 그곳에서 멍하니 그들이 나간 입구를 바라보기만 했다.

"피고 은지훈은 군사법원에서 뇌물 수수 혐의로 처벌받은 경력이 있습니다. 피고는 군인들에게 지급되어야 하는 군화를 뇌물로 받고 불량 군화를 지급받아 공급하여 실질적으로 전투 능력을 하락시키고 북한에 유리한 사보타지 행위를 하였으며……."

"사보타지가 아닙니다!"

은지훈의 변호사는 다급한 마음에 노형진의 말을 막았다.

"피고 측 변호인! 원고 측 변호인의 말이 아직 끝나지 않았습니다."

그런 변호사를 차갑게 바라보는 판사였다.

그 말에 어쩔 수 없이 자리에 앉는 피고 측 변호사.

노형진은 그를 잠시 보다가 계속 입을 열었다.

"사보타지에 준하는 행위를 하였으며 그 결과, 막대한 뇌물을 받았습니다. 그로 인하여 원고 말고도 수많은 분들이 피해를 입었습니다. 봉와직염부터 관절염까지 불량 군화로 인하여 수많은 피해가 발생하였으며 그로 인하여 군 생활을 포기하거나 제대 후에도 후유증으로 고생하는 사람들이 많습니다. 이는 명백하게 피고의 범죄행위로 인해서 발생한 것이니만큼 피고 측은 원고 측에 1인당 최하 30만 원부터 최대 300만 원의 진료비 및 손해배상 비용을 청구하는 바입니다."

무려 115억에 달하는 엄청난 청구비다.

비교적 단순한 봉와직염은 둘째 치고 다른 질병들은 수술을 받아야 하는 경우까지 있었기에 그런 진료비까지 포함하자 그 비용이 기하급수적으로 늘어난 것이다.

"존경하는 재판장님, 피고가 한때 잘못된 생각으로 부정한 거래를 한 것은 사실입니다. 그러나 그것은 과거일 뿐, 지금의 잘못은 아닙니다."

"그렇지. 과거지. 지금은 국가에 대한 사보타지가 큰 문제."

"큭큭큭."

그 순간 방청석에서 들리는 비웃음.

"조용! 조용히 하세요!"

결국 판사의 경고를 듣고 다시 조용해지고 나서야 은지훈의 변호사는 입을 열수 있었다.

"더군다나 피고가 불법행위를 한 대상은 국방부였지, 일반 군인이 아닙니다. 즉, 군인들 개개인은 청구권이 없다 할 것입니다."

변호사의 주장은 이렇다.

군 비리 물품을 납품한 것은 국방부이고, 군인 개개인에게 직접 납품한 것이 아닌 만큼 그 배상의 책임을 물어야 하는 대상은 개개인이 아닌 국방부라는 뜻이다.

"원고 측, 할 말 있습니까?"

"그렇지 않습니다. 일반적으로 납품되어 공용으로 사용되는 물건이라면 그럴 수 있습니다. 그러나 이 군수품인 전투화는 개개인에게 납품되어 사용되는 것이므로 그 범죄행위로 인해 발생하는 모든 손해는 그 범죄자 개개인이 지는 것이 맞다고 봅니다."

"아닙니다. 가령 전철에 공급되는 의자가 고장 났다고 전철 제작자가 그 의자의 사용자에게 손해배상을 할 수는 없지 않습니까?"

"그거야 그렇지요. 하지만 그런 의자의 경우에는 말 그대로 공공의 목적으로 이용되는 것입니다. 하지만 이런 전투화의 종류는 1인 1족 지급이 기본이며 타인과 돌려 쓰거나 재판매되는 물건이 아닌 만큼 개개인에 대한 비리로 보는 것이 맞다고 볼 수 있습니다."

"그럼 볼펜을 볼까요? 산업용으로 생산된 볼펜은 기업에 대량으로 납품됩니다만, 결과적으로 해당 직원이 보급받고 난 후에는 지속적으로 사용됩니다. 그렇다면 그 볼펜이 불량일 경우, 개개인이 볼펜 제작 업체에 소송해야 할까요?"

"그건 아닙니다. 하지만 볼펜이 불량이라고 할지라도 그저 색이 나오지 않는다는 수준이지, 군용품처럼 신체나 전투에 치명적인 피해를 주지 않습니다."

노형진은 계속 반박하고 있었다.

하지만 송정한은 그걸 보면서 고개를 갸웃했다.

"손해배상이란 상대방이 어떤 피해를 입을 걸 예상하거나 상대방을 특정했을 때 생기는 것을 기준으로 판단해야 합니다. 이 경우 피고는 불특정 다수를 대상으로 범죄를 저지른 것인 만큼 그게 특정한 사람에게 가도록 통제했는지 확인할 수는 없습니다. 즉, 손해배상의 기본 목적인 특정인의 손해에 부합한다고 볼 수 없는 것입니다."

"손해배상에는 분명 고의나 과실이 있습니다. 피고는 분명 자신의 이익을 위하여 고의로 불량한 품질의 군화를 지급하도록 위력을 행사하였으니 이로써 충분한 손해배상의 규정이 생겼다고 볼 수 있습니다. 더군다나 손해배상의 규정에 따르면 그 대상에 대하여 직접적인 피해를 요구하지는 않습니다. 가령 자동차 사고 중 다중 추돌 사고의 경우, 그 사고를 유발시킨 사람이 그 피해자들 전부에게 배상해야 한다는 판례가 있습니다."

'또?'

송정한은 그가 느끼는 게 뭔지 한참 고민하고 나서야 대충 알 것 같았다.

뭔가 어설폈다.

노형진의 공격에는 날카롭게 약점을 뚫고 들어가는 정확함이 있다.

그런데 이번 재판은 그런 게 아니었다.

마치 잘 모르는 변호사가 준비한 재판처럼 두루뭉술하게 넘어가고 있었다.

'이런 경우는 없었는데?'

더군다나 이 재판은 노형진이 제대로 한 방 먹이겠다고 공격한 것이다. 그런 상황에서 이런 두루뭉술하고 약한 공격이라니.

"아닙니다. 원고 측은 분명 피해를 입었습니다만 실질적으로 그것은 그 아이템을 공급한 기업의 책임이지, 그걸 통과시킨 피고의 책임이 아닙니다."

뻔뻔하게 나오는 피고 측 변호인.

그는 솔직히 잔뜩 신나 있었다.

'뭐야? 별거 아니잖아?'

새론.

그것도 분쇄기라 불리는 노형진 변호사가 상대라는 말에 잔뜩 긴장하고 나왔다.

그런데 실제로는 제대로 공격도 못하고 허둥거리는 느낌이었다.

'내가 이렇게 잘났나? 역시 난 실력이 부족한 변호사가 아니었어.'

그가 그렇게 자화자찬하고 있을 때 판사는 몇 가지 서류를 확인하다니 결국 다음으로 기일을 넘겼다.

이런 재판은 어차피 한두 번에 끝날 수 있는 게 아니기 때문이다.

"다음 기일을 정하겠습니다."

⚖️

"왜 그러는 건가?"

"네?"

"자네 공격 말이야. 뭔가 어색해."

"그런가요?"

"그래, 과거의 날카로움이 전혀 보이질 않잖나."

작은 허점 하나 놓치지 않는 것이 그의 공격이다.

송정한도 노형진의 재판을 보면서 과연 자신이 방어할 수 있을까 하고 몇 번이나 고민할 정도로 말이다.

그런데 아무리 봐도 이번 재판에서는 너무 두루뭉술하고 약한 공격을 하고 있었다.

"아, 그렇구나."

"그렇구나?"

"고작 할 말이 '그렇구나.'뿐인가?"

"네, 지금 전 제 목적에 합당하게 하고 있는 중이라서요."

"합당?"

"네, 때로는 10보 전진을 위한 1보 후퇴도 필요한 법이거든요."

다음 재판에서도, 다다음 재판에서도 노형진의 이상행동은 계속되었다. 두루뭉술한 공격만 한 채 제대로 된 공격을 하지 못했던 것이다.

'도대체 왜?'

심지어 노형진이라면 철석같이 믿고 있는 유민택조차 그런 그의 행동을 이해할 수가 없다는 얼굴이었다.

"보다시피 피고는 처음부터 돈을 받을 목적은 아니었습니다. 하지만 주변의 증언과 관련 증거에서 보다시피 군납 업체의 지속적인 로비로 인해 어쩌다 보니 실수에 가까운 행동을 한 것입니다."

"그래도 그가 부정에 연루되었다는 것은 확실한 거 아닙니까?"

"물론 그 부분은 인정합니다. 하지만 그동안의 증거를 확인하여 주시기 바랍니다. 부정에 관하여 어느 정도 묵인했을 뿐, 특정인에게 손해를 끼칠 목적은 없었습니다."

"하지만 손해배상은 과실에 대해서도 규정하고 있습니다. 그런 상황에서 명백하게 고의의 목적이 확실한 범죄행위로 인한 피해를 배상하지 않는다면 문제가 있는 것입니다."

"그건 직접적인 손해에 대해서만 그렇습니다. 분명 피고가 범죄를 행한 것은 맞습니다만 그 행위 자체를 하는 데에 있어서 가장 큰 역할을 것은 피고가 아니라 피고에게 상당한 금품을 준 성화입니다. 또한 피고가 그 군화의 질을 확인할 수 없었다는 점도 감안하여야 합니다. 피고는 그저 빠른 통관에 대한 지원만 했을 뿐, 불량 자체를 만들라는 지시를 한 적은 없습니다. 즉, 불법행위가 피해와 직접적으로 연관된 것이 아닙니다. 만일 청구한다면 대한민국 정부, 또는 국방부가 직접적으로 청구하는 것이 맞지, 피해자라 주장하는 원고들 개개인이 이렇게 주장하는 것은 사실상 법을 무시하는 처사라고 할 수 있습니다."

최후의 변론의 순간까지 노형진은 제대로 된 공격을 하지 못했다.

급기야 노형진이 저쪽에 공격당하는, 입장이 뒤바뀐 듯한 상황까지 오자 송정한이 심각하게 불안해할 정도였다.

"노 변호사, 도대체 왜 그러나?"

"뭐가 말입니까?"

"이번 재판 말일세. 자네, 이번 재판 확실하게 하겠다고 하지 않았나? 그런데 왜 그렇게 대충 하는 건가?"

"그거야 당연하지요."

"당연?"

"이 재판이 우리 목적은 아니잖습니까?"

"뭐?"

"전에도 말씀드렸다시피 우리가 지켜야 하는 건 승률이 아닌 의뢰인의 승리입니다. 물론 여기서 이기면 제 승률은 올라가겠지요. 이름도 떨칠 테구요. 하지만 그래서 의뢰인에게 무슨 소용이 있겠습니까?"

"그게 무슨 뜬금없는 소리야?"

"뭐, 어차피 오늘 재판은 끝났고 이제 결심만 남은 상태니까 이쯤에서 끝내도록 하죠."

"뭘 끝내자는 건가?"

"장난 말입니다."

노형진은 끝까지 비밀을 말하지 않고 미소만 지을 뿐이었다.

아니나 다를까, 판결문은 노형진 측의 패소로 결정되었다.

결과적으로 그 손해배상에 대하여 청구 권한이 있는 것은 병사 개개인이 아닌 국방부이니, 국방부가 청구하지 않는 이상 그 배상을 할 이유가 없다는 것이 판결문의 요지였다.

"아, 졌네."

그런데 그걸 마치 당연하다는 듯이 바라보는 노형진의 행동에 다들 어이가 없어서 탄식이 나올 지경이었다.

"이게 얼마나 큰 타격을 입은 건지 모르나?"

송정한은 얼굴을 찌푸렸다.

이번 사건의 의뢰인은 대군회에서 가입한 사람들 전원을 포함해 무려 1만 명을 넘는다.

그런데 졌다.

누가 봐도 대충 하면서 말이다. 적은 금액도 아닌데.

"압니다. 그게 목적이었어요."

"뭐라고?"

"어차피 이겨 봐야 개털이잖아요."

"응?"

"이겨 봐야 개털이잖습니까? 그럼 손해만 볼 텐데 이겨서 뭐합니까?"

"그럼?"

"당연히 져야지요."

"져도 손해 보는 건 마찬가지이지 않나?"

"원래 그럴 때 쓰라고 한국에서는 재판을 세 번 하는 겁니다."

"뭐라고?"

"걱정 마세요. 지금쯤 아마 돈을 어떻게 확보하나 전전긍

긍하고 있을 겁니다.”

같은 시각, 국방부는 말 그대로 난리가 났다.

“이런 씨팔 놈의 새끼!”

국정원에서 장교들과 장군들을 폭풍같이 쓸고 간 게 채 한 달이 지나지 않았다. 그런데 이번에는 또 다른 폭탄이 국방부에 떨어졌다.

“이 은지훈 개새끼.”

이를 빠득빠득 가는 3성 장군.

그의 앞에는 군 검찰에서 날아온 소환장이 놓여 있었다. 그런데 그게 다 사본이고 그 소환장만 해도 무려 이백 장이 넘었다.

“이게 다 검찰에서 나온 거라고?”

“네.”

죄목은 업무상 배임 그리고 뇌물 수수, 횡령.

그뿐만 아니라 이 자료가 그대로 국정원으로 가는 바람에 한창 국방부 길들이기에 여념이 없던 국정원은 행복한 비명을 지르고 있었다.

“이런 씨팔……”

최악이었다.

은지훈이 자신의 책임을 면하기 위해 동료들을 팔아넘긴 것이다.

그 덕분에 엄청난 자료가 상대방에게 넘어갔고 상대방은 그걸 기반으로 이번 사건에 조금이라도 연관된 사람은 모조리 업무상 배임으로 고발을 넣었을 뿐만 아니라 국방부에도 손해배상을 청구했다.

문제는 이번에는 대부분의 증거가 넘어가서 아무리 국방부가 노력한다고 해도 손해배상을 피할 수가 없다는 것이다. 국방부가 조직적으로 군납 비리를 일으킨 게 드러났기 때문이다.

"배상금이 얼마나 될 것 같나?"

"예산처의 말로는…… 지금 늘어나는 속도를 생각하면 못해도 2조는 넘어갈 거라고……."

"뭐? 2조! 장난해!"

"어쩔 수가 없습니다. 워낙 병사들이 많은 데다가 비리가 산적해 있어서……."

한두 명도 아닌 수백 수천 명 단위가 범죄에 연루되어 있다.

국방부에서 사건을 덮으라고 압력을 넣어 봤지만 그걸 덮으려고 할 때마다 국정원에서 득달같이 달려와서 잡아갔다.

물론 전이라면 어찌어찌 좋게 끝낼 수 있을지도 모른다.

하지만 수사 결과, 군 내부에 퍼져 있는 간첩 집단이 실제로 드러나면서 국정원은 일단 국가에 해가 된다는 판단을 하고 무조건 털어 보기 시작했다.

게다가 국민들에게조차 '군납 비리=북한 간첩'이라는 이미지가 생겨 버렸다.

그 바람에 조금이라도 사건을 덮을라 치면 사방에서 업무상 배임과 간첩 혐의로 고발이 들어왔다.

이건 도무지 덮을 수 있는 수준이 아니었다.

"그나마 예산처에서 피해를 조금이나마 복구할 수 있는 방법을 찾아냈습니다."

"뭔데?"

"구상권 청구입니다."

"구상권 청구?"

"그렇습니다."

그 말을 들은 3성 장군은 얼굴이 딱딱하게 굳었다.

"대상은?"

"소속되어 있던 장교들과 장성들 그리고 비리 군납 업체입니다."

"자네, 무슨 소리를 하는지 아나?"

그렇게 된다면 국방부는 대대적인 개혁에 직면하게 된다.

당장 못해도 군납 비리 장교들 중 4분의 1을 쳐 내야 한다.

더군다나 군납 비리 업체들에게 구상권을 청구한다면 그들은 엄청난 타격을 입을 테니 자신들에게 뇌물을 주지는 못하게 된다.

"하지만 빼도 박도 못합니다. 당장 이 소송에서 지고 나면 장병들의 내년 월급은커녕 군사용품을 돌릴 기름값도 없어집니다."

"으으윽…… 그건 좀……."

지금까지 군납 비리와 관련하여 단 한 번도 구상권 청구가 된 적은 없다. 그렇기에 장교들과 장성들은 마음 놓고 비리를 저지를 수 있었다.

물론 그게 가능했던 이유는 서로 끼리끼리 뭉쳐 있었을 뿐만 아니라 대부분의 사람들이 법률에 대해 무지한 덕분에 구상권 청구라는 걸 모르기 때문이다.

구상권이란 누군가의 범죄로 인해 제3자가 손해를 입은 경우 그 당사자 중 한 명이 그 피해액을 보상해 주고 대신에 그 당사자가 범죄자에게 손해배상을 청구하는 것을 뜻한다.

이 경우에는 법원의 판단에 따라 국방부는 국민, 정확하게는 군 장병들에게 손해배상을 해 줘야 하며 그 피해는 국방부가 장성들과 비리에 연루된 장교들에게 구상권 청구를 해야 한다.

"그거 청구하면 무슨 일이 벌어질지 알지 않나? 다른 방법을 찾아보게."

"힘들 것 같습니다. 과거처럼 모르는 상황이 아닙니다. 대한민국 군인회라는 곳에서 국민들을 대상으로 구상권 청구 운동을 하고 있습니다."

"윽."

그렇게 된다면 법을 모르는 사람들도 당연히 해야 한다고
할 것이다.

워낙 비리가 큰 데다가 사회적으로 분위기가 좋지 않으니
과거처럼 군사기밀이라고 주장할 수도 없는 문제다.

"더군다나 국회의원들이 난리입니다."

"뭐라고? 이 씨팔 새끼들."

자기 자식들을 군대에서 빼 달라고 할 때 별짓을 다 해서
빼 줬더니 이제는 자신들을 물어뜯으려고 덤비다니.

"이 새끼들, 다음번에 자식 새끼들을 군대에서 빼 주나 봐라."

이를 바득바득 가는 그의 앞으로 새로운 통지서가 날아왔다.

"이건 또 누구 건데?"

"그게…… 장군님 앞으로 왔습니다. 구상권 청구 거부로
인한 업무상 배임 조사 관련 소환장이라고……."

"뭐? 벌써?"

당황하는 장군.

그때 갑자기 소란이 벌어졌다.

"들어가시면 안 됩니다!"

"잠시만요!"

"영장 방해하는 거요?"

문이 벌컥 열리면서 들어오는 사내들.

그들은 시커먼 복장을 하고 장군을 노려보고 있었다.

"어이구, 장군님."

"너 이 새끼들, 뭐야!"

"국정원에서 나왔습니다. 우리랑 말씀 나누실 거 있죠?"

"이런 씻팔······."

모든 일이 최악의 상황을 향해 달려가고 있었다.

원래 목적은 잊으면 안 된다

"자네가 말한 큰 거 한 방이 이건가?"

"네."

"이건…… 큰 거 정도가 아니잖나?"

유민택은 아주 발칵 뒤집힌 국방부를 보면서 기겁했다.

"그래서 져 준 겁니다. 이기면 곤란하거든요."

"이기면 곤란하다?"

"너무 확실하게 몰아붙이면 저쪽에서 포기할 테니까요."

노형진은 애초에 은지훈과의 재판에서 이길 생각이 없었다. 그래서 공격하면서도 고의로 여기저기에 허점을 만들어 냈다.

"어차피 장군이란 직책까지 올라서 국가의 군수품에 대해서 비리를 저지르는 놈입니다. 그런 놈에게 충성심이라는 게 있겠습니까?"

아니나 다를까, 가뜩이나 엄청난 손해배상금 때문에 쫄아 있던 은지훈은 변호사가 조금만 더 노력하면 이길 수 있다고 말하자 자신의 책임을 벗어날 수 있는 자료들, 즉 비리와 관련된 자료들을 마구마구 가져다가 공개했다. 그 덕분에 노형 진은 아주 자연스럽게 엄청난 양의 비리 관련 자료들을 손에 넣을 수 있었다.

"그래서 그렇게?"

"네, 원래 쥐도 도망갈 구멍을 만들어 놓고 몰아야 하는 법입니다."

만일 노형진이 평소처럼 철저하게 공격했다면 아마도 그 변호사는 그냥 포기했을 것이다. 그렇다면 관련 증거들을 가지고 올 이유가 없어져 버린다.

'이길 것 같다.', '조금만 더 하면 이긴다.'라는 희망이 그들을 수렁으로 끌어당겨 그들이 자신도 모르게 노형진에게 군수 비리 관련 정보들을 넙죽넙죽 가져다주게 만든 것이다.

"끝내주는군."

그 덕분에 수백 명이 고발당했다.

"그리고 말입니다, 어차피 이겨 봐야 그 장군이 줄 수 있는 돈은 한정되어 있습니다. 그리고 이번에 증거를 보셔서 알겠지만 이번 사건과 관련된 인간이 너무 많아서 손해배상에 대한 배상금 분배 문제도 무척이나 복잡하죠. 솔직히 쉽게 이길 재판은 아니었습니다."

"그래서 져 준 거다?"

"살을 주고 뼈를, 아니 이 경우는 모가지를 친 게 맞겠군요."

"허허허…… 그래, 부정할 수 없겠군. 모가지를 쳤어. 그 것도 제대로 쳤어."

국방부의 비리가 해결되지 않는 이유는 서로 붙어 있는 끈 끈한 줄 때문이다. 그렇기 때문에 절대로 국방부 비리는 해 결하지 못한다고 한 것이다.

하지만 구상권 문제가 터져 버리자 그 끈은 여지없이 끊어 져 버리고 말았다.

국방부에서 비리 관련자에게 구상권 청구를 하겠다는 방 침을 발표하자 비리의 행동 대원쯤 되는 하급 장교들이 난리 가 난 것이다.

위에서 시키는 대로 한 건데 정작 자신은 비리 문제로 간 첩 혐의로 조사받은 데다 업무상 배임으로 인해 실질적으로 군 생활은 물 건너갔고, 재수 없으면 구상권 청구를 당해 온 가족이 길바닥으로 나앉아 버리는 사태가 벌어진 탓이다.

그 결과, 이렇게는 못 죽겠다고 생각한 하위 장교들이 령 급이나 장성급 장교들의 비리들을 들고 자수하는 사태가 벌 어지기 시작했다.

정상참작이라도 된다면 처벌은 받을지언정 군대라는 조직

의 특성상 위에서 시켰다는 것 하나만으로 구상권 청구를 피할 수 있다.

"벌써 장교들의 10분의 1이 잡혀 갔네."

하사관들과 병사들은 장교들을 고소하고 장교들은 영관들을 고소하며 영관들은 장성들을 고소한다.

그야말로 서로가 살기 위해서 먹고 먹히는 상황이 되어 버렸다.

"하지만 이건 너무 큰 문제 아닌가요? 일각에서는 군대가 무너지는 거 아니냐는 우려가 있습니다."

물론 걱정이 없는 것은 아니다. 특히 김헌구는 엄청나게 걱정하고 있었다. 당장 장교의 10분의 1이 잡혀간 상황인 데다 그중에서도 장군의 3분의 1이 조사 중이다. 군대 내부에 북한의 고정 간첩 집단이 있다는 사실이 드러났는데 군대가 제대로 돌아갈 리가 없기 때문이다.

"군대에 있을 때 이런 말이 있죠. 유능한 적보다 무능한 아군이 더 무섭다."

"음……."

"군대는 너무 썩었습니다. 자체적으로 정화할 수 있는 수준은 벌써 한참 전에 지났지요, 안 그렇습니까?"

"그건 그렇지요."

군대의 타락은 단순히 1년, 2년의 문제가 아니다. 애초에 군대는 친일파가 해방 이후 군권을 잡으면서부터 태생적으로 이런 문제를 가지고 있을 수밖에 없었다.

해방 이후 전투 경험이 있다는 이유만으로 친일파 출신 장군들이 권력을 잡았고 그 덕분에 그들은 일본군이 하던 대로 온갖 비리를 다 해 먹었다. 그리고 그게 전통, 또는 일반적인 일이라는 이유만으로 21세기인 지금까지 계속되고 있었다.

군대라는 집단은 해방 이후에 단 한 번도 깨끗한 적이 없는 집단이다. 스스로 뭐가 깨끗한 건지 모르는데 자정될 리가 있나?

"하지만 이번이 기회일 겁니다. 그동안 뇌물을 받아먹은 놈들은 어지간하면 못 벗어날 겁니다."

"그렇겠지요."

노형진이 현대판 하오문이라고 표현한 제대 장병들과 하사관들이 대룡의 취업을 위해 눈에 불을 켜고 비리를 잡아내고 있고, 국방부보다 우위에 서기 위해서라는 불순한 목적 때문이기는 하지만 국정원이 이 잡듯이 뒤지고 있는 상황이다.

심지어 국방부도 자신들이 만든 엄청난 펑크를 메꾸기 위해서 구상권 청구에 혈안이 된 상태이다 보니 비리에 연루된 사람들이 살아 나갈 방법이 없었다.

"그리고 다음번 재판에는 아마 100% 손해배상을 인정할 겁니다."

"어째서?"

분명 노형진은 지난번 재판에서 졌다. 그리고 그 스스로도 이건 쉬운 재판이 아니라고 했다. 그런데 다음번 재판에서는 100% 승리를 자신한다니? 말이 안 된다.

"정치적인 문제죠."

"정치적인 문제?"

"이번 사건만 보죠. 국방부에서 국민들에게 줘야 하는 손해배상금이 2조가 넘는다는 소문이 있습니다. 물론 그건 전 국민 중 소송 권한을 가진 사람이 다 했을 때의 이야기지만 어찌 되었건 이번에 소송에 참가한 사람들은 다 줘야 합니다. 국방부는 국가 단체로서 그 돈을 확보할 수 있겠지요."

"왜 확신하나?"

"정부에서 구상권 청구로 받을 수 있는 돈에는 한계가 있으니까요. 당장 이번 소송에서 손해배상으로 줘야 하는 돈이 115억입니다. 뭐, 재판에 들어가면 어느 정도 깎이기는 하겠지만요. 하여간 국방부에서 구상권을 청구한다고 한들 그 돈이 나올까요?"

그럴 리 없다. 그럼 국가가 엄청난 손해를 감수해야 한다.

"그 피해를 감수하는 방법이 있습니다. 바로 손해배상을 인정해 버리는 거죠. 그렇게 된다면 국가는 나서지 않고 비리를 일으킨 사람이 직접적으로 배상하는 식으로 판례가 나오게 될 겁니다."

국방부라는 존재가 있다곤 하지만 모든 예산은 정부에서

나온다. 그러니 정부의 입장에서는 군대에서 제대한 모든 사람에게 배상해야 하는 터무니없는 상황을 피해야 한다.

그러니 결과적으로 범죄를 일으킨 장교들과 장성들에게 직접적으로 손해배상을 하도록 하는 수밖에 없다. 그렇게 된다면 최소한 국가에서 나가는 돈은 줄어들 테니까.

"장난 아니군."

과연 그걸 버틸 수 있는 사람이 있을까?

없다. 그들은 말 그대로 나락으로 떨어지는 것이다.

"그들에게 남은 선택은…… 뭐, 많다고는 할 수 없겠지요."

⚖️

은지훈 중장, 아니 전에 중장이었던 은지훈은 집에서 멍하니 앉아 있었다.

망했다. 완벽하게 망했다.

소송에서 이기는가 싶었더니 난데없이 국가에서 구상권 청구 소송이 들어왔고 순식간에 어찌할 틈도 없이 져 버렸다.

그 후에는 순식간에 계좌가 동결되고 온 집 안의 물건의 압류가 결정되었다. 잘나가던 대한민국 중장이 순식간에 망해 버린 것이다. 아내에게는 이혼당했고 아들은 그를 버렸다.

그리고 자신이 연루된 비리가 계속 드러나면서 대군회에서는 그 해당 피해자들을 모아서 지속적으로 소송을 걸고 있었다.

당장 그 배상금만 200억이 넘는데 국가에서는 국가배상을 피할 목적으로 그 소송을 인정하고 있는 상황. 그러니 자신이 재기할 방법은 아무것도 없다.

끼이익.

자신의 서재 의자에 앉아서 서랍을 여는 은지훈. 그 서랍에는 K-5 권총이 들어 있었다. 이것도 내일이면 반납해야 하는 물건이다.

"자살용이라는 건가."

군대에서 도는 소문 중 하나가 장성에게 지급되는 권총은 자살용이라는 것이다. 물론 원래는 전쟁 중 더 이상 방법이 없을 때 사로잡혀서 고문당하다가 기밀을 털어놓는 대신에 자살하라는 이야기였다.

하지만 은지훈은 지금 그 자살용이라는 말이 절대 농담으로 느껴지지 않았다. 자신뿐만 아니다. 비리가 드러난 장교들과 장성들은 미친 듯이 소송에 휘말리고 있고, 국정원에 불려가고 있다.

더군다나 군납 업체조차 북한에서 지원받는다는 사실이 드러나면서 국민들은 경악을 금치 못했다. 단순히 돈을 아끼기 위한 것이 아니라 군대 내부에 불량 부품을 납품하여 전투력을 낮출 목적으로 군납 비리를 일으킨 군수 업체까지 드러난 것이다.

결과적으로 현재 대한민국은 군수 비리에 관해서는 더 이상 재기할 수 있는 방법이 없다고 할 지경이 되어 버렸다.

"후우!"

그 총을 한참 바라보던 은지훈은 천천히 그걸 꺼냈다. 그러고는 총알을 장전하고 천천히 입으로 당겼다.

"아……."

입안에서 느껴지는 차가운 총구의 느낌.

설마 '내가 이 꼴이 됐을 리가 없다. 뭔가 잘못된 거다. 이건 꿈이다.'라는 식으로 생각하고 있었지만 그 총구의 느낌은 여전히 이게 현실이라는 사실을 확인해 주고 있었다.

은지훈은 눈을 질끈 감았다. 그러고는 방아쇠에 건 손가락에 힘을 줬다.

⚖️

"자살이라……."

군납 비리의 보스 중 한 명이라고 할 수 있는 은지훈의 자살 소식은 순식간에 전국으로 퍼졌다. 그리고 그 소식은 두 가지 현상을 가속시켰다.

첫째가 바로 하위 장교들에 의한 상위 장교, 또는 장성에 대한 고발들. 최소한 자기는 살아야겠다는 생각의 발로였다. 그리고 나머지 하나는 비리 장교들의 연속 자살이었다.

천하의 중장도 피할 수가 없어 자살하는 판국에 하위 장교가 피할 수 있을 리가 없다.

그 결과, 하위 장교들이 너도 나도 포기하고 자살하기 시작한 것이다.

"뭐, 불쌍하지는 않네."

노형진이 봤을 때 그들의 행동은 나라를 팔아먹는 친일파나 북한 간첩의 행동과 별반 다르지 않은 행동이었다.

그들은 돈을 조금 받았을지도 모르지만 그 아래서 싸워야하는 장병들은 그들 때문에 목숨을 잃어야 했다. 결과적으로 남의 목숨을 개털로 알고 무시했으니 자신들이 자살한다고 그다지 불쌍하지는 않았다.

"일단 군납 문제는 어느 정도 해결된 것 같군요."

"안 그래도 국방부에서 난리가 났더군."

국방부는 펑크 난 재정을 틀어막기 위해 그리고 업무상 배임 고발을 피하기 위해 지금까지 불량 물품을 납품한 기업들에게까지 구상권을 청구했다. 그러자 수많은 기업들이 도산하기 시작했다.

"이제 남은 건 성화입니다."

"드디어 성화만 남았군."

"네."

성화만 날려 버리면 드디어 이 일이 끝나게 되는 것이다.

아니, 애초에 이 모든 것이 성화라는 집단에 타격을 주기 위해서 한 행동들이었다. 그리고 그걸 위해서 노형진은 지금까지 한 방을 노리며 준비하고 있었다.

⚖️

"네놈이냐?"

국방부 장관은 노형진을 보면서 이를 악물었다. 장관이 되기 전에 보고 듣기는 했다, 천하의 개꼴통 검찰관이 한 명 있었다고.

그런데 그 녀석이 이렇게 국방부를 뒤집을 거라고는 생각도 못 했다.

"네놈이라니요? 전 그저 협상하기 위해 온 것뿐입니다."

"으음…… 그래서 온 이유가 뭐지?"

"거래를 위해서입니다."

"거래? 하! 웃기는군. 거래라니. 군대를 날려 버리고 그런 소리가 나오나?"

"군대가 사라진 건 아니잖습니까? 그리고 요즘 비리 때문에 군대라는 조직이 난리가 난 건 제 잘못은 아닌 듯한데요?"

맞는 말이다. 결국 언젠가는 한번 크게 터질 일이었다. 다만 '내가 있는 동안에는 안 터지겠지.'라고 생각하면서 범죄를 저지른 대다수 장군들과 일부 장교들이 문제였을 뿐이다.

"그래서 나한테 뭘 요구하러 온 거지?"

"뭐, 모든 변호사의 업무와 재판이 그렇듯이 민사에는 합의라는 게 있는 거니까요."

"합의?"

"그렇습니다. 이번 사건의 중심은 역시나 군납 아닙니까?"

"끄응……."

정확하게는 군화다. 다른 군납 비리는 비리 자체가 문제가 될지언정 일단 군인들에게 큰 피해가 간 것은 없다. 총이 안 쏴져서 전쟁 중에 죽은 사람도 없고 전차가 멈춰서 죽은 사람도 없다.

하지만 군화는 아니다. 워낙 불량품인지라 도리어 피해가 없는 사람이 거의 없을 지경이었다.

"그걸 협상하고 싶습니다."

"우리가 그걸 해야 하는 이유라도 있나?"

"그렇게 된다면 국방부 예산을 많이 아낄 수 있으니까요."

"끄응."

정곡을 찌르자 국방부 장관은 어쩔 수 없이 자리에 앉아서 노형진의 이야기를 듣기 시작했다.

"제가 듣기로는 군납 비리와 관련해서 배상해야 하는 비용이 조 단위가 넘는다고 들었는데요. 안 그렇습니까?"

"……."

그게 지금 국방부의 가장 큰 문제다.

당장 그렇게 되면 내년에 제대로 된 훈련은커녕 월급조차 줄 수 있을지 확실하지 않기 때문이다. 그렇다고 생산 없이 소비만 하는 집단인 군대가 어디서 돈을 빌려올 수도 없는 노릇.

"그 부분에 대해서 협상하고 싶습니다."

"어떤 조건이지?"

"관련 범죄자와 증거를 우리에게 주십시오."

"싫다면?"

"그럼 끝까지 가야지요."

"……."

국방부 장관은 그 말에 잠시 침묵을 지켰다.

"그걸 달라고 하는 이유가 뭐지?"

"저도 국가를 사랑하는 사람입니다. 어찌 국가를 지키는 군대를 위험하게 하고 싶겠습니까? 그냥 그걸 주신다면 우리가 직접 성화를 상대로 소송하겠습니다."

"성화에 대해?"

"네."

국방부 장관은 그 말에 침묵을 지켰다.

안 그래도 정부에서는 국가의 부담을 줄이기 위해 가해자인 군납 비리 업체에 대한 소송을 무조건 인정하라는 명령을 내렸다. 그래야 국방부가 아니라 군납 업체들에 그 책임을 물을 수 있다.

"어떻습니까?"

"음……."

하지만 상대는 성화다. 군납 1위 기업이자 군납으로 성장한 기업.

'그리고…….'

성화에서 주는 돈은 상상 이상이다.

만일 그걸 넘긴다면 성화는 아마도 다시는 군납에 끼어들지 못할 것이다. 엄청난 비리와 질적 하락의 경험이 있는 데다가 그걸 보호해 주던 장군들이 너무 많이 날아갔기 때문이다.

'그게 최소 10억이 넘는데.'

그만 해도 성화에서 알게 모르게 받는 돈이 1년에 10억이 넘는다.

"싫으신가요?"

"그건 좀 그렇군."

아니나 다를까, 그는 국가의 예산보다는 자신의 주머니로 들어오는 돈을 지키기로 결정한 듯했다. 노형진은 안타깝다는 듯 국방부 장관을 바라보았다.

"어차피 성화는 버리는 패입니다."

"그걸 어떻게 알지?"

"알죠. 정확히는 성화에서 장관님을 버리는 패로 취급할 겁니다."

"무슨 헛소리를 하는 건가?"

"헛소리라니요? 그렇게 말씀하시면 섭섭합니다."

노형진은 슬쩍 일어나서 장군의 뒤로 돌아갔다.

무슨 짓을 하는 건가 하는 눈으로 노형진을 노려보는 국방부 장관.

노형진은 그의 몸에 슬쩍 손을 대고 기억을 읽기 시작했다.

능력도 진화하는 모양인지, 언제부터인가 독심술을 쓰듯 사람의 속내도 사이코메트리로 읽을 수 있게 되었다. 물론 신체적으로 접근해야 한다는 제약이 있기는 하지만 그것만 해도 대단한 이득이었다. 상대방의 내심을 읽을 수 있다는 것은 소송에서 막대한 이득을 줄 수 있기 때문이다.

아니나 다를까, 그에게는 '성화가 그럴 리가 없다. 성화와 나는 한 몸이다.'라는 말도 안 되는 생각으로 가득했다.

'멍청하긴.'

장관이 회장도 아닌데 성화가 그를 둘 리가 없지 않은가?

"3월에 1억. 4월에 3억, 두 달 뛰고 다시 1억."

그의 어깨에 손을 올린 채로 그의 귀에 대고 작게 중얼거리는 노형진. 그걸 들은 장관은 깜짝 놀랐다.

"으헉!"

"장소는…… 음…… 회를 좋아하시나 봅니다. 주로 게이샤라는 일식 전문점에서 하셨네요?"

국방부 장관의 눈이 어느 때보다 커졌다.

철저하게 비밀리에 움직이고 있다고 생각했다. 만나러 갈 때는 측근들조차 버리고 혼자서 렌터카를 타고 움직였을 정도니까.

그런데 자신이 돈을 받은 시점이 모조리 나오고 있는 것이다. 심지어 장소와 시간까지.

"그…… 그걸 어떻게……."

"제가 그걸 어떻게 알았을까요?"

국방부 장관은 입을 다물었다. 그가 그걸 알 수 있는 방법은 단 한 가지뿐이다. 자신을 오래전부터 감시했거나 성화 측에서 정보를 제공하는 누군가가 그와 내통했다는 것.

"성화 쪽에서는 이야기가 끝났습니다. 그쪽에서는 이미 국방부 장관님에게 뒤집어씌우고 자신들을 빼 주는 대가로 적당한 보상을 약속했지요."

"뭐라고?"

생각지도 못한 말에 국방부 장관은 어이가 없었다. 지금 사방에서 자살하는 장성들의 뉴스가 연일 터지고 있다. 그런데 그런 상황에서 그 이야기를 들으니 등골이 오싹해졌다.

"하지만 전 성화를 그다지 좋아하지 않거든요. 그래서 장관님을 찾아뵌 겁니다. 만일 거절하신다면 제 다음 방문처는 국정원이 되겠지요."

국정원이 노리는 최종 보스가 자신이라는 걸 모를 리 없는 국방부 장관은 갑자기 무서워졌다. 재수 없으면 진짜로 간첩으로 끌려갈지도 모른다.

국정원에서는 자신들의 존재 가치를 증명할 때가 왔다고 사방에서 간첩들을 잡아 대고 있어 증거 몇 개를 조작하는 건 일도 아니었다.

"어떻게 하시겠습니까?"

물론 노형진이 말해 준 모든 것은 그의 기억에서 읽은 것이다. 당연히 그와 관련된 어떠한 증거도 없다.

'뭐, 블러핑도 하는 법이지.'

하지만 최소한 국방부 장관은 증거를 봤다고 생각하고 있으니 그거면 충분했다.

'날 왜……? 그리고 보니…….'

지금 성화가 벗어나는 방법은 단 하나뿐이다. 모든 걸 군수 업체가 비리를 일으킨 것으로 몰아가는 것과 마찬가지로 자신들은 생각이 없었는데 국방부 장관이 요구한 것으로 사건을 만들어 가는 것.

그래야 성화가 살 수 있다.

'이런 시팔 새끼들…….'

'설마 배신하겠는가?'라고 생각하던 국방부 장관은 화가 머리끝까지 났다.

"자네의 조건을 받아들이겠네."

"잘 생각하셨습니다."

노형진은 승리의 미소를 지으며 국방부 장관을 바라보았다.

⚖

성화에서는 난리가 난 상태였다.

"이게 어떻게 된 겁니까?"

로비했던 수많은 장군들이 모조리 잡혀가고 자신들에게까지 수사망이 좁혀 오자 그들은 등골이 오싹하다는 걸 온몸으로 느끼고 있었다.

"이번에는 군대 내부의 자정 작용이 너무 심합니다."

"그게 가능한 겁니까?"

성화는 다른 곳은 다 바뀌어도 군대는 바뀌지 않는다는 사실을 오랫동안 알고 있었다. 그렇기에 다른 곳에 비해서 좀 부실하게 관리했다. 이는 뇌물을 안 줬다는 게 아니라 내부에서 사건을 은폐하려는 노력을 안 했다는 뜻이다. 어디서 요구하면 그냥 군사기밀이라는 식으로 안 주면 그만이었기 때문이다.

하지만 그렇게 한번 대응했다가 담당 이사가 간첩 혐의로 끌려가고 난 후부터는 절대로 장난삼아 대응할 수 없게 되었다.

"이번에는 내부적인 압력이 아니기 때문에……."

내부적인 압력이라면 충분히 이겨 낼 수 있다. 하지만 목숨이 걸리자 비리 대상자들이 너도 나도 배신을 때리기 시작했다.

애초에 그들은 자신의 이익을 위해서 조국과 국민 그리고 전우들까지 버린 인간들이니 충성이나 전우애 같은 걸 가지고 있을 리 없다. 피할 수 없다고 생각되자 자신들이 살기 위해서 고발자가 되는 걸 선택하는 건 어찌 보면 당연한 일이었다.

"젠장……."

그들이 이를 악무는 그때였다.

"이사님, 큰일 났습니다!"

갑자기 안으로 허겁지겁 들어오는 한 남자. 그의 얼굴은 누구보다 새파랗게 질려 있었다.

"도대체 무슨 일인데?"

"소송이 들어왔습니다!"

"소송?"

"그렇습니다."

"그 녀석들이 어쩔 건데?"

이런 소송을 한두 번 해 본 성화가 아니기에 대군회인지 뭔지 하는 녀석들의 공격에 대비해서 모든 증거를 파기한 상태다. 그러니 그들이 고소한다 해도 최소한 방어는 할 수 있을 것이다. 하다못해 그들의 요구 금액을 엄청나게 깎을 수 있을 것이라고 생각했다.

그러나 그다음 순간 들려온 말은 이사의 머리를 멍하게 만들었다.

"그 녀석들이 증거를 들고 왔습니다!"

"증거? 무슨 소리야! 미쳤어?"

증거가 없는데 증거라니? 그러나 부장은 그 증거라는 것을 확실하게 본 상황이었다.

"증거를 대충 분석해 봤는데 아무래도 국방부에서 넘겨준 것 같습니다."

"뭐? 국방부에서? 무슨 소리야? 그럴 리가 없잖아?"

"아닙니다. 우리 실험 결과지부터 납품 계획서, 배당금 문제, 심지어 어떤 장군에게 얼마나 돈을 줬는지에 대한 서류까지 소상하게 가지고 있습니다."

"그, 그 무슨 말도 안 되는!"

"말이 되든 안 되든 지금 소장이 들어왔습니다."

황급하게 사무실 바깥으로 튀어나간 이사는 소장의 일부를 받아서 읽기 시작했다. 부장의 말대로 소장에는 자신들이 파기한 모든 증거들이 들어 있었다.

"이건…… 꿈이야……. 이건 있을 수 없는 일이야……."

그는 끊임없이 중얼거렸지만 소장에 적혀 있는 글자들이 사라지거나 눈을 번쩍 뜨면서 꿈에서 깨어나는 일은 벌어지지 않았다.

"어째서…… 왜…… 무엇 때문에……."

사건 초기만 해도 해도 서로 전화하면서 입을 맞추고 소송에 맞대응하자고 했다. 그런데 난데없이 소송이라니.

"이건 뭔가 잘못된 거야."

이사는 황급하게 전화기를 들어서 국방부 장관의 개인 전화로 황급하게 전화를 넣었다.

"장관님, 접니다."

"아, 최 이사, 어쩐 일이요?"

"방금 소장이 도착했는데…… 이게…… 뭔가 잘못된 것 같습니다."

그 말에 잠시 침묵을 지키던 국방부 장관은 천천히 입을 열었다.

"잘못된 거 없소이다."

"네?"

"잘못된 거 없다고 말했소. 우리도 이제 군 비리를 없애고 선진 군대로 다시 태어나야 하는 거 아니겠소?"

"장관님, 이러시면 곤란합니다."

최 이사는 다급해서 꺼낸 말이지만 국방부 장관은 그 말을 다르게 들었다.

"지금 협박하는 거요?"

"네? 아니, 그게 아니라……."

"협박하려면 상대와 상황을 봐 가면서 해야지. 우리를 배신하고 그러면 안 되지."

"배신이라니요! 천부당만부당한 말씀입니다."

"더 이상 당신과 할 말이 없소이다. 아, 그리고 불량 납품한 것에 대해서 소송할 테니까 그렇게 알고 있으시오."

장관은 그가 한 말을 협박으로 받아들이고 성화가 자신의 뒤통수를 치려 한다는 사실을 확신했다.

뚜뚜뚜.

전화기에서 들리는 소리에 멍하니 있던 최 이사는 황급하게 다시 전화했다. 하지만 정확하게 30초가 지나자 전화기는 자동 응답으로 넘어갔다. 그 짧은 사이에 차단해 버린 것이다.

"이런 씨팔!"

최 이사는 생각지도 못한 상황에 절로 욕이 나왔지만 벗어날 길은 보이지 않았다.

난타전. 주고받기 싸움이라고 한다.

국방부와 성화는 말 그대로 난타전에 돌입한 상태였다. 국방부에서는 불법행위와 불량 제품을 공급한 이유로 고소를 진행했고, 성화는 업무상 배임과 뇌물을 달라고 한 혐의로 국방부의 장군들을 고소했다.

그래서 노형진의 소송이 졸지에 뒤로 밀려났지만 그는 그다지 슬프거나 화가 나지는 않았다.

"성화 녀석들, 내년 입찰을 아예 포기한 건가?"

송정한은 뉴스를 보면서 고개를 갸웃했다. 아주 대놓고 싸우는 성화의 모습이 어색했기 때문이다.

"그럴 겁니다. 아마도 불가능하다는 걸 알고 피해라도 줄여 보려는 생각일 겁니다."

과거였다면 심지어 군용품이 잘못되어 병사가 죽었다 해

도 장군들의 말 한마디로 모든 게 해결되었다. 하지만 이제는 그게 불가능해졌다. 장군들이 죄다 잡혀 갔기 때문이다.

게다가 과거처럼 그냥 심증으로 고소한 것도 아니고 아래서 일하던 사람들이 살겠다고 증거를 바리바리 싸 들고 오는 바람에 벗어날 길이 없었다.

"이제 어떻게 될 거라 생각하나?"

"아마도 내년에 성화는 군수업 분야에 자리를 잡지 못할 겁니다."

당연하다. 이미지는 둘째 치고 이렇게 국방부와 치고받았는데 과연 국방부가 받아 주겠는가?

"문제는 그들이 빠지면 그걸 수급할 수 있는 곳이 한정된다는 거죠."

갑자기 군화를 만들라고 한다면 그걸 만들 수 있는 기업은 한정되어 있다.

단 한 곳.

미리 준비되어 있는 대룡 말이다.

"그래서 그 대군화라는 곳을 지원한 건가?"

"네."

대룡이 전면에 나서면 모든 사건의 독박은 대룡이 뒤집어쓴다. 그렇게 된다면 아무리 미리 준비했다고 해도 국방부에서 대룡에 기회를 줄 리가 없다.

하지만 대룡은 그저 제대 하사관에게 기회를 준 것뿐이다.

그마저도 인맥을 통해서 조용히 말이다. 하지만 그것만으로
도 충분했다.

대룡은 그것만으로도 군인을 존중하는 기업이라는 이미지
를 충분히 얻었고 기술도, 가격도, 수량도 국방부에서 요구
하는 수준을 맞출 수 있는 유일한 기업이 되었다.

"이제 그걸 관리하는 건 대룡의 책임이죠."

분명 대룡이 납품하다 보면 로비를 요구하는 장군이나 장
교는 나올 것이다. 그때 요구대로 돈을 주고 은근슬쩍 대군
회를 움직여서 날려 버리는 건 대룡의 선택이다.

새론은 법률 회사이지, 운영 회사는 아니니까.

"그렇겠지."

"하지만 한 가지는 확실하죠."

노형진은 자신이 신고 있는 신발을 바라보았다.

"우리 불쌍한 청춘들의 발바닥이 작살날 일은 더 이상 없
을 거라는 거."

"하하하."

그 말에 송정한은 격하게 공감한 나머지 웃을 수밖에 없었다.

피보다 진한 돈

　새론은 더욱더 유명세를 얻고 있었다.

　안 그래도 점점 유명해지는 상황에서 사이비 종교에 빠진 아이들을 도운 것이 전 세계적으로 새론의 이름을 날리게 만들어 줬다.

　더군다나 누구도 불가능하다고 이야기하던 국방부의 개혁을 어느 정도 성공하고 그 방향을 잡아 준 덕분에 새론은 전국에서 최고로 유명한 이름이 되었다.

　특히나 다른 로펌과 다르게 정권과 유착하지 않고 그 결과를 만들어 냈다는 점에서 더욱 유명해졌다. 물론 그로 인한 문제가 없는 건 아니었다.

　"돈이 필요해."

"그렇지요?"

유명해지면 사건이 많아지기 마련이다. 사건은 말 그대로 폭주할 정도로 늘어나고 있는데 사람은 부족하다.

물론 새론에 사람이 부족한 게 어제오늘 일은 아니지만 요즘은 과하다 싶을 정도였다.

합리적인 가격과 체계화된 변론 방법 그리고 대기업과의 연계를 통한 외부 압력으로부터의 자유로움이라는 것이 법적으로 가능성이 있다는 사실을 보여 준 덕분에 많은 사람들이 새론으로 찾아왔던 것이다.

오죽하면 인터넷에서는 진정으로 억울하면 새론을 찾아가라는 말까지 돌고 있는 상황.

"이런 날이 올 거라고는 생각도 못 했는데, 거참."

송정한은 기분이 묘했다. 몇 년 전까지만 해도 새론은 미래가 없다고 봐도 무방할 정도로 작고 힘없는 회사였다.

그런데 노형진을 만나고 나서부터는 급격히 성장하더니 이제는 커다란 빌딩의 네 층를 빌려 쓰고 있음에도 불구하고 자리가 부족했다.

"지사로 얼른 나가야 하는데."

"지사로 나가는 것도 결국은 돈입니다."

그렇다. 새론은 전국에서 몰려드는 사건의 효율성을 위해서 지사의 설립을 추진 중인데, 자금 문제에서 막혀 버린 것이다.

이것이 법이다

일단 그건 나중으로 미룬다고 해도 당장 새로 뽑는 변호사들이 들어갈 공간의 확보가 절실했다.

"층을 늘리려면 입주민들이 나가야 합니다."

"그건 아니지 싶은데."

　새론의 기본적인 모토는 상생이다. 힘든 사람을 도와주고 국민과 함께하는. 그러다 보니 그로 인해 막대한 이득을 보고 있는 대룡에까지 영향을 주고 있었다.

　그런 상황에서 자신들을 위해 입주민들에게 나가라고 할 수는 없는 노릇이다.

"다른 사무실을 구해야 하는데……."

"지사를 먼저 내는 쪽으로 할까요?"

"그것도 방법이긴 합니다만…… 그것도 얼마나 갈지……."

"끄응……."

　당장 현재 새론에 들어오는 사건을 제대로 감당하려면 못해도 이 건물을 기준으로 네 층을 더 빌려야 한다. 변호사만 추가로 쉰 명을 더 뽑아야 하며 그에 필요한 수의 직원과 정보원까지 고용해야 한다.

"그리고 지사는 관리하기가 쉽지 않습니다. 어려운 사건이 있을 때마다 본사로 들고 오라고 할 수는 없지 않습니까?"

"하긴…… 아직은 우리 새론의 가장 큰 매력이 본점에만 있으니까."

　어떤 사건이든 담당 변호사의 실력이 부족하다고 판단되

면 경험이 많은 고참 변호사들이 지원해 준다는 것이 다른 거대 로펌들과 다른 점이다. 자기 사건은 알아서 해야 하는 시스템과는 전혀 다른 방식이다.

하지만 남상주 변호사는 부정적이었다.

"미래에 확장하는 것도 중요하지만 일단은 조언자급 실력이 되는 사람이 너무 적습니다. 저랑 노 변호사랑 송 대표님뿐이잖습니까?"

"진짜 믿을 만한 사람 한 명만 더 있어도……."

"그, 지난번에 손 변호사님인가 하는 분을 섭외해 본다고 하지 않으셨습니까?"

"했지."

그러면서 노형진을 바라보는 송정한. 노형진은 고개를 갸웃했다. 실패한 거면 실패한 거지, 왜 자신을 본단 말인가?

"거절하시더군."

"왜요? 그 변호사님 정도 실력이면 상당한 도움이 될 텐데. 제가 알기로 로펌 사정도 안 좋다고 들었는데."

"그게……."

다시 노형진을 바라보는 송정한.

"제 얼굴에 뭐가 묻었습니까?"

"그게 아니라…… 흠…… 뭐, 회사 일이니 자네가 알아야겠지. 자네도 이 새론의 투자자 중 한 명이니까. 전에 말했던 거 기억하지? 그분의 이름이 손국한 변호사라는 거?"

"네, 기억합니다. 삼진 로펌인가 뭔가 하는 쪽이랑 합병하는 걸 알아보신다면서요."

삼진 로펌은 새론과 비슷하면서도 다르다. 새론이 승리를 목표로 한다면 삼진은 승률에 상관없이 인권 문제를 주로 하는 곳이었다.

물론 아예 인권 변호사급까지는 아니지만 확실히 약자를 구한다는 모토는 비슷했다. 그래서 지난번 회의에서 합병을 추진해 보자는 이야기가 나오기도 했다.

"그쪽에서 거절했다네."

"그래요?"

"그래."

"왜요?"

무심결에 물어본 노형진이었는데 그 답변이 좀 엉뚱했다.

"자네 같은 위선자와는 같이 일 못 하겠다는데?"

"네? 그게 무슨 말씀이세요?"

자신이 위선자라니? 물론 변호사 노릇을 할 때는 위선 역시 도구 중 하나다. 그러니 그 부분은 인정하라면 할 수도 있다. 그러나 자신은 손국한이라는 사람을 모른다.

"자네랑 싸운 것 같더만."

"전 누구인지도 모르는데요?"

"그래? 하여간 자네가 있는 이상 합병은 꿈도 꾸지 말라고 선을 그어 버리더군."

"거참."

희한한 일이라면서 노형진은 그냥 아무 생각 없이 넘어갔다.

"그냥 내버려 두죠. 배에 기름기가 가득한 모양입니다. 그리고 요즘 저랑 새론을 싫어하는 로펌이 어디 한두 곳입니까?"

"그건 그렇지."

웃기게도 이들이 국민을 위해서 일할수록 기존의 법률 시장에서 소외되는 경향이 강해졌다.

과거 돈 많은 부자와 권력자들에게 진행되는 수많은 법률 서비스를 일반인에게까지 넓히면서 자신들의 승률이 많이 떨어진 데다가 차별성까지 사라지는 바람에 기존 질서를 좋아하는 좀 오래된 변호사들이 대놓고 거부감을 드러내고 있었던 것이다.

그러다 보니 새론에 경험 많은 변호사가 드물어서 조언자가 될 수 있는 사람이 세 사람뿐이었다.

"하여간 그런 이유로 건물을 확장할까 생각 중이네."

"여유 자금은 충분한가요?"

많은 사건을 맡았다고 하지만 싼 가격에 고품질의 법률 서비스를 제공하기 때문에 수익이 많이 남는 건 아니다.

가령 다른 변호사가 수임료만 500만 원에 승소 비용 500만 원을 요구할 때, 새론은 수임료는 400만 원에 승소 비용은 청구하지 않는다.

'쓸데없는 짓을 할 이유가 없지.'

미래에는 법원에서 승소 비용은 불법이라는 판결을 내린다. 그래서 그동안 받아 챙긴 승소 비용을 반납하라는 소송이 엄청나게 발생하여 돈이 없는 수많은 로펌들이 파산하고 망하게 된다.

이러다 보니 한때 잘나가던 변호사들은 아예 신용 불량자가 되어 버리기까지 한다. 수년간 받아 챙긴 승소 비용의 대부분이 수억 이상인데 그걸 한꺼번에 돌려 달라는 소송을 당하게 되자 아무리 변호사라고 해도 방법이 없었기 때문이다.

'그걸 피해야지.'

아예 승소 비용을 받지 않으면 손해 볼 게 없다. 그에 미리 익숙해지면 그만인 것이다. 대신에 더 많은 사람에게 서비스를 제공해서 수익을 높이면 된다.

"충분하다고는 말 못 하겠네."

"수익이 적은 건 아니잖습니까?"

"전체 수익으로 보면 그렇지. 하지만 회사 수익으로 보면 그렇지도 않네. 알잖나."

"그렇겠군요."

새론은 변호사가 일하면 월급을 주는 게 아니다. 변호사가 일하고 그 수익 중 일부를 새론에 내는 형태다.

그래서 스스로 일한 변호사들은 많은 수익을 내지만 정작 회사 자체는 그다지 많은 수익을 내는 것은 아니다.

"외부에서 투자받는 건…… 역시 안 되겠죠."

"그렇게 된다면 필연적으로 우리의 목적이 변질되겠지."

그렇게 되면 새론의 목적인 상생이 아닌 투자자에 대한 금전 거래가 우선이 될 것이다. 그럼 지금의 기조가 변할 수밖에 없다.

'흠…… 뭔가 좋은 방법이 없을까…….'

대룡에 이야기하면 되겠지만 그렇게 되면 대룡에 종속되는 형태가 된다. 그게 싫어서 노형진이 외부의 사건을 계속 끌어들인 거고 말이다.

이제야 대룡과 평등한 관계가 되었는데 다시 대룡에 손을 벌릴 수는 없다.

"지방으로 내려가면 좀 싸지 않을까요?"

"그렇기는 하겠지. 하지만 지사도 아니고 본사가 지방으로 내려가면 아무래도 주요 사건을 수임하기가 쉽지 않게 될 거야."

어찌 되었건 서울에 사람과 기업이 가장 많은 게 현실이다. 당연히 지방으로 내려가면 사건의 수임량이 줄어들 수밖에 없다. 안 그래도 몇몇 로펌들이 새론의 방식을 따라 하려고 노력하고 있는데 말이다.

'물론 하고 싶다고 따라 할 수 있는 게 아니지만.'

따라 한다고 해서 경험까지 따라 할 수는 없다. 더군다나 이 방식은 철저하게 상위 계층의 손해로 이루어지게 되어 있다.

조언할 시간을 만들기 위해서는 상위 몇 % 안에 드는 변호사들이 자기 사건과 관련된 일을 할 시간을 포기하고 매달려야 하는데 대부분의 변호사들이 그럴 리가 없다.

설사 처음에는 그렇게 할 수 있더라도 나중에는 거들먹거리기 시작하면서 급속도로 붕괴될 뿐이다.

"아예 건물을 옮기는 건 어떨까요?"

"건물을?"

"네, 어차피 우리가 있기에 이 건물은 너무 좁습니다. 솔직히 자리도 좋지 않고요."

"음……."

"이곳에는 분소 하나만 남겨서 접수하거나 이쪽으로 오는 분들만 받고 사무실을 옮기는 것으로 하는 게 적당할 것 같은데요."

"그게 나을 수도."

이 자리는 일단 가장 큰 문제가 건물이 노후화되어 적당한 주차장이 없다는 것이다. 주변에 주차하는 것도 하루 이틀이지, 매번 그렇게 할 수는 없는 노릇이다. 그러다가 딱지라도 떼이는 날에는 사람들의 불만이 많아질 수밖에 없다.

"이참에 우리도 좀 대중교통이 편한 쪽으로 가야 한다고 생각합니다."

"하지만 돈이……."

"일단은 대출받아서 가 봐야지요."

"그런가?"

"네."

그다지 많은 돈을 대출받는 건 아니라는 생각에 송정한은 고개를 끄덕거렸다. 어차피 변호사들은 대출받기 쉬운 직업 중 하나니까.

"그럼 일단 적당한 장소를 알아볼까?"

그렇게 새론의 새로운 둥지 찾기가 시작되었다.

"이곳은 어떠신지요?"

노형진은 빌딩을 보면서 고개를 흔들었다.

"위치는 좋은데 주차장이 너무 작군요."

"쩝."

부동산업자는 곤란한 듯 입맛을 다셨다.

"힘든가요?"

"아무래도 쉽지는 않습니다. 이 주변은 대부분 고만고만한 변호사 사무실들이 몰려 있어서 그다지 주차 문제가 없거든요. 당연히 새론 같은 초대형 로펌이 들어올 만한 건물이 많을 리가 없지요."

"끄응…….."

"부서별로 나눠야 하나."

하지만 그렇게 된다면 통일된 전략이라는 새론의 방침이

흔들릴 수밖에 없었기에 건물을 보던 노형진과 송정한은 얼굴을 찌푸렸다.

"경매에는 나온 게 없답니까?"

"없답니다."

"역시나……."

경매 쪽을 알아본다던 남상주 변호사는 아니나 다를까, 적당한 건물이 없다는 소식을 전했다.

"못해도 여섯 개 층에 한 개 층은 80평 이상이라니. 그 정도 공간을 가진 건물은 거의 없죠."

"끄응……."

송정한은 '역시 함께 있는 게 무리인가.'라는 생각이 들기 시작했다.

"온라인 회의 시스템을 구축하는 게 나을 것 같습니다."

"물론 시간을 정해서 하는 거면 그렇지요. 하지만 아시다시피 사건이라는 게 증거와 서류를 검토해야 하는 건데……."

그게 쉬울 리가 없다. 더군다나 그걸 일일이 스캔해서 보내자니 아무래도 보안 문제가 걸렸다.

"일단 잠깐 식사라도 하면서 생각해 볼까요?"

"그럴까요?"

밥을 먹기 위해서 몸을 돌리던 노형진은 다음 순간 멈칫했다. 건너편에 지은 지 얼마 안 되어 보이는 건물이 떡하니 있었기 때문이다.

층수는 대략 7층. 한 평당 100평.

조금 크기는 하지만 자신들이 원하는 조건에 딱 맞는 건물이었다. 그리고 입구 쪽에 보아하니 전자동식 주차 장비도 보였다. 결정적으로 그 빌딩은 누가 봐도 텅텅 비어 있었다.

"저건 어떻습니까?"

"네?"

노형진의 말에 그 건물을 본 부동산업자는 대번에 얼굴을 찌푸렸다.

"아, 저기? 포기하세요. 저기 더러워요."

"더럽다니요?"

아무리 봐도 지은 지 채 2년도 안 된 새 건물이다. 더군다나 입주된 사람도 없어서 깨끗했다. 위치도 좋고 말이다. 그런데 더럽다니?

"아, 건물이 지저분하다는 게 아니라 주인들이 좀 더러운 인간들이라는 뜻입니다."

"주인들?"

"네, 엄밀하게 말하면 주인이 아닙니다만 얼마나 지랄해 대는 건지."

"주인이 아니다?"

"네."

이해할 수가 없었다. 주인도 아니면서 지랄한다면 주인이 그냥 두겠는가? 보아하니 새 건물인 듯한데 제대로 입주조차 안 되어 있는 상황에서?

"이해하지 못하겠군요."

"사실 저 건물의 주인은 따로 있는데 그 아들들이 건물을 관리하거든요."

"그래서요?"

그 아들들이 관리를 개떡같이 한다면 건물 주인에게 직접 이야기해서 조치를 취하면 되는 일이다. 건물을 놀릴 게 아니라.

"그게 말이죠. 부모가 정신병원에 있어요. 한 1년 반쯤 되었죠."

"네?"

생각지도 못한 말에 송정한은 무슨 소리인가 하는 얼굴이 되었다.

"미쳤나요?"

"미치기는. 그 전날까지 봤어도 멀쩡했는데요."

"근데 왜 정신병원에 있다는 건가요?"

"뻔하죠, 뭐."

오른손을 들여서 검지와 엄지를 문질러 보이는 부동산 업자. 그걸 본 송정한은 알 것 같다는 표정으로 고개를 끄덕거렸다.

"일부러……."

"네, 역시나죠."

부모가 돈이 있고 그 돈을 물려주지 않으려고 하자, 자식이 부모를 정신병원에 집어넣은 것이다.

"이런 문제는 은근히 흔하다니까요."

"그래요?"

"말도 마요."

현행법상 가족을 정신병원에 감금하기 위해서는 2인 이상의 가족의 동의가 필요하다. 문제는 돈 문제로 싸우는 경우, 자식이나 부모가 일방적으로 짜고 한 명을 정신병원에 넣는 게 가능하다는 것이다.

물론 법적으로는 의사의 확진을 받아야 하지만, 돈만 주면 진단서를 써 주는 의사야 널리고 널렸다.

"용케 저게 안 팔렸네요?"

보통 그 후에 벌어지는 일은 부모를 정신병원에 집어넣고 자식들이 법정대리인이 되는 것이다. 그 후에는 대리인으로서 건물을 팔고 재산을 나눈다. 그리고 도망친다.

그 뒤 바깥에 나온 피해자는 알거지가 된 채로 버려지는 것이다.

"당연히 팔려고 내놨죠. 지금까지 안 팔린 건 아들들끼리 지분 가지고 싸워서 그런 거예요."

"지분?"

"네, 큰 아들은 자기가 장남이니 70%는 먹어야겠다는 입장이고 둘째 아들은 무조건 50%씩이라는 입장인 거죠. 더군다나 거래가 성사되면 누구 한 명이 받아야 하는데 그걸 자기가 받겠다고 서로 싸우는 바람에 거래하려고 하던 사람들이 기겁하고 그만뒀습니다."

"쯧쯧."

돈 때문에 자기 부모를 정신병원에 집어넣은 녀석들에게 형제의 정 같은 게 있을 리 없다. 그러니 당연히 누구 한 명이 받으면 도망칠 거라 생각해서 자기가 받겠다고 싸우고 있었던 것이다. 그렇다고 나눠서 받자니 서로 지분을 가지고 싸우는 중이라 분배 금액도 나누기 애매한 상황.

"무려 1년 반이나 있었단 말이지요?"

"네."

"흠……."

노형진은 그 말에 잠시 고민했다. 한 가지 가능성이 생각났기 때문이다.

'뭐, 좋은 짓은 아니긴 하지만 그래도 나와서 완전 거지로 길바닥에 주저앉는 것보다야 나을 것 같은데?'

고민하던 노형진은 송정한을 바라보았다.

"저걸 계약하죠."

"저걸? 일단 싸우는 건 둘째 치고 비쌀 텐데?"

"건물주 본인과 계약하면 싸게 들어갈 수 있을 것 같은데요?"

"건물주랑? 그게 될 리가 있나?"

아무리 봐도 그건 힘들어 보였다. 일단 건물주가 정신병원에 들어가 있기 때문이다.

"일단…… 나중에 다시 오겠습니다. 송 변호사님, 바로 사무실로 가죠. 보여 드릴 게 있습니다."

노형진은 부동산 업자에게 양해를 구하고 송정한을 데리고 사무실로 향했다. 그러고는 컴퓨터를 켜고는 어떤 법률을 보여 줬다.

"이게 뭐야? 인신보호법?"

"네, 얼마 전에 통과된 법입니다. 간단하게 말해서 아까 들은 경우와 같은 상황이 벌어지면 거기서 나오기 위해 소송할 수 있다는 거죠."

"노 변호사, 자네 말은 알겠는데 우리는 지금 과로사하기 직전이거든?"

노형진의 일거리를 가지고 오는 능력은 인정하지만 그것도 한계가 있는 법이다.

"지금 우리에게 필요한 건 일거리가 아니라 돈이라고. 물론 이 사람들에게는 미안하지만 말이야."

"그렇기 때문에 우리가 이걸 해야 한다고 생각합니다."

"왜?"

"간단하죠. 이 법에 해당하는 사람들 중 대부분이 무엇 때문에 그 정신병원에 들어간 것 같습니까?"

"그거야 돈이지."

가족의 돈을 빼앗기 위해서 정신병원에 넣어 버리는 행동은 벌써 수십 년 전부터 있었던 일이다. 그것 말고는 진짜 멀쩡한 사람을 정신병원에 넣을 이유가 없다.

"그리고 우리에게 필요한 건 뭘까요?"

"글쎄······."

"부자들의 지지입니다. 우리 새론이 친서민적 법률 활동을 하기는 하지만 부자들과의 인맥 역시 무시하지 못할 정도로 중요한 것이니까요."

"그건 그렇지. 설마······."

"네, 아마 전국에 재산 문제로 정신병원에 들어가 있는 부자들이 못해도 2천 명이 넘을 겁니다."

그들은 그저 바깥에 나가기를 바라면서 자유를 갈구하고 있을 것이다.

"음······."

"그들과 인맥을 만들면 상당히 도움이 될 것 같지 않습니까? 특히 아까 본 그런 건물 같은 건 조금 손해를 본다고 해도 내보내 주기만 한다면 건물주가 계약해 줄 것 같은데요?"

"그건······ 그렇지."

새론이 부자들과 인맥이 없다는 게 무능하다는 건 아니다. 다만 그들과 인맥을 만들 기회가 없었던 것뿐이다. 아무리 친서민 정책을 펼친다 해도 부자들이 도와주는 것과 안 도와주는 것은 전혀 다른 문제.

'아무래도······ 다르기는 하지.'

다른 로펌들이 부자들의 사건에 매달리는 데에는 다 이유가 있다. 일반인의 의뢰 100건보다 부자의 의뢰 1건이 돈이 되기 때문이다.

"어떻게 생각하십니까?"

"일이 늘어나는 건 반갑지 않은데."

하지만 일단 부자들과의 인맥이 만들어진다는 점에서는 상당히 군침이 당기는 일이기는 하다.

"그런데 문제가 있잖아?"

일단 정신병원에 있는 이상, 그 가족들이 그 관리 책임을 지고 있다. 즉, 가해자가 피해자에 대한 책임을 가지고 있으니 자신들이 청구할 수는 없는 노릇이다.

"그러니까 피수용자에게 이야기해서 정식으로 수임받아야지요."

"피수용자?"

"네."

"끄응…… 애매하네."

그들은 미쳤다는 이유로 정신병원에 들어간 사람이다. 물론 일부 진짜 미친 사람도 있을 것이다. 그러나 그걸 판가름하고 소송을 담당하는 것은 쉬운 일은 아니다.

"어차피 실패해도 손해 보는 건 없습니다."

"그거야 그렇지."

손해 보는 것은 약간의 시간뿐이다. 그에 비해 만약 성공하게 된다면 수백 명을 변호해서 얻는 수익보다 훨씬 큰 수익을 얻을 수도 있다.

'더군다나 의외로 이 문제는 오래가지.'

돈이 있는 가족을 정신병원에 넣는 행동은 수십 년 뒤까지 이어진다. 보통은 부모를 희생시키면 떵떵거리면서 편하게 살 수 있기 때문이다. 그런 경우 그렇게 끌려 들어간 사람을 구해 달라고 구제 청구를 할 수 있는 사람은 피수용자, 즉 감금된 본인과 그 법정대리인, 후견인, 배우자, 직계혈족, 형제자매, 동거인, 고용주로 한정된다. 대부분의 경우 정신병원에 넣은 본인이 구제 청구자인 셈이다.

문제는 법정대리인과 후견인은 상대방에게 법적인 문제가 있을 때에만 선임되니 문제가 없는 멀쩡한 사람에게는 존재하지 않으며, 가족을 뜻하는 배우자와 직계혈족, 형제자매 그리고 동거인은 이런 사건의 범인이기에 청구할 리가 없다는 점이다.

결국 억울하게 들어간 사람을 꺼낼 수 있는 사람 중 가족이 아닌 사람은 그 사람을 고용하는 고용주들뿐이다. 그런데 일반적으로 재산 분쟁을 하는 대부분의 부자들은 본인이 고용주이다 보니 현행법상 고용주가 꺼낼 수 있다는 규정은 그들에게 아무런 의미가 없다.

'실제로도 그렇고.'

꺼내 달라고 구제 청구를 하는 사람들은 많지만 대부분은 조건에 걸려서 기각당하고 만다. 간혹 혈족 중 저들의 음모에 참가하지 않은 사람이 있으면 운 좋게 나오는 것이고 말이다.

물론 피청구인이 신청할 수 있다고 하지만 정신병원에서 스물네 시간 감시당하면서 외부와 소통할 수도 없는 상황의 피청구인이 꺼내 달라고 법원에 요청하는 것은 불가능하다.

법률상 모든 신청은 전화가 아닌 서면으로만 받도록 되어 있는데 정신병원에서는 상해를 막는다는 이유로 필기구를 비롯한 모든 뾰족한 물건을 소지하지 못하게 하기 때문이다.

아니, 애초에 쓴다고 한들 정신병원 내부에 우체통이 있을 리가 없으니 보낼 방법도 없다.

"그러니까 그 부분을 노리자?"

"네, 그 부분만 제대로 노린다면 지금 우리 새론에 부족한 부분인 자금 동원력에 상당한 도움이 될 겁니다."

새론에 사건은 많지만 순간 자금 동원력이 부족한 것은 사실이다. 하지만 만일 이게 성공한다면 상당한 순간 자금 동원력을 가질 수 있을 것이다.

"한번 해 보는 것도 나쁘지 않겠는데?"

송정한은 고개를 끄덕거렸고 노형진은 첫 번째 대상을 생각하기 시작했다.

"당연히 이 사람이지."

자신들이 눈독을 들인 건물의 원래 주인. 자식들의 음모로 정신병원에 가 버린 사람. 그를 찾는 것은 어렵지 않았다. 부동산 거래 업자가 생각보다 자세하게 알고 있기 때문이다.

$$\triangleq$$

"이거 참, 언덕 위의 하얀 집이라더니."

언덕 위의 하얀 집. 용인에 자리 잡은 정신병원을 뜻한다. 그리고 이런 비리가 많이 일어나는 곳으로도 유명한 곳이다.

'이해 못 하는 건 아니지만.'

한국은 정신병에 대해서 무척이나 쉬쉬하면서 감추는 성향이 강하다. 그러다 보니 입원 환자가 많지 않다.

더군다나 정신병원의 경우 입원 환자당 정부에서 150만 원의 지원금이 나온다. 정부 지원금에 그 가해자들이 주는 입막음 비용까지 합하면 정신병원에서 벌어들이는 돈은 한 달에 한 환자당 400만 원을 훌쩍 넘길 수밖에 없다.

"일단…… 작전이 먹히려나?"

노형진은 침을 꿀꺽 삼켰다. 이 작전의 가장 큰 문제는 다름 아닌 보호자도, 공무원도 아닌 자신이 피해자를 만날 자격이 되지 않는다는 것.

"이거…… 만났는데 진짜 미친 거면 완전히 골 때리는데."

그렇게 되면 자신은 사칭으로 처벌받을 수밖에 없다. 하지만 한 번은 도전해 봐야 하는 것이 현실이다.

삐이익.

노형진이 버튼을 누르자 안에서 들리는 목소리.

"누구세요?"

"신명태 환자를 보러 왔는데요."

"누구신데요?"

"변호사입니다."

"변호사?"

간호사인 듯한 남자가 의심쩍은 목소리로 되물었다. 자신이 변호사라는 사실을 밝히자 확연하게 경계하는 것이 느껴졌다.

'역시나.'

꼴을 보아하니 뭔가 감추고 있는 것이 확실한 듯했다.

"무슨 일이신데요? 보호자의 동의, 있습니까?"

"보호자의 동의가 필요한 게 아니라서 혼자 왔습니다."

"그럼 만날 수 없습니다."

아니나 다를까, 보호자가 없다는 말에 선을 그어 버리는 남자 간호사. 노형진은 그걸 예상하고 있었기에 최대한 진지한 목소리로 경고했다.

"그럼 이 유언장대로 집행하겠습니다."

"유언장이라니요?"

"유언장이 유언장이지 뭡니까? 만일 이 문제에 대해서 무슨 문제가 생기면 당신이 책임져야 합니다."

"……."

잠시 침묵을 지키는 간호사.

"잠시만요."

책임지라는 말이 부담스러웠는지 문을 여는 그 간호사.

안으로 들어가자 그를 노려보는 사람들이 보였다.

"유언장이라는 게 뭡니까? 봅시다."

"당신이 뭔데요?"

"뭐라고요?"

"당신 말마따나 유언 대상자도, 유언 당사자도 아닌데 유언장을 보겠다는 겁니까?"

"무슨 말장난을……!"

덤벼들려고 하던 남자는 노형진이 내미는 변호사 신분증에 입을 다물었다.

"변호사가 뭐가 아쉬워서 이 시간에 여기까지 와서 당신한테 장난치고 있을까요?"

"……."

"어떻게, 면담 자리를 만들어 줄 겁니까? 아니면 유언장대로 집행할까요?"

"아직 멀쩡하게 살아 있는 사람한테 유언장을 왜 집행합니까?"

"그건 기밀이라 말할 수 없습니다."

"……."

"만나지 못하게 하겠다면 전 이대로 돌아가서 집행하겠습니다."

"크윽."

간호사가 잠시 고민하는 듯하더니 다른 남자 간호사에게 눈짓했다. 그러자 그는 노형진을 데리고 텅 빈 공간으로 데려갔다.

"여기에서 기다리시면 데리고 올 겁니다."

노형진이 지나가는 사이, 유리 벽 너머로 누군가가 열심히 어디론가 전화하고 있는 것이 보였다.

'그래, 그렇겠지.'

난데없이 유언장을 가지고 있다는 변호사가 나타나자 아마 똥줄이 탄 간호사가 그 아들이라는 작자들에게 전화하는 것일 가능성이 높다. 그렇다면 아마 조만간 그들이 들이닥칠 건 뻔한 일.

"여기서 기다리면 조만간 올 겁니다."

빈 대기실에 노형진을 두고 나가 버리는 직원들. 하지만 그들은 신명태를 데리고 오지 않았다. 아마도 보호자가 올 때까지 기다릴 생각인 모양이다.

'들어오기는 했는데.'

당연히 유언장 이야기는 거짓말이었다. 즉, 저들이 오기 전에 방법을 만들어야 한다는 것.

노형진은 슬쩍 문 바깥으로 바라보았다.

아니나 다를까, 응접실을 지키는 사람은 보이지 않았다. 아마도 안쪽에 가서 이 사태를 어떻게 수습할 것인가에 대해

논의하고 있을 가능성이 높다.

'다행이다.'

만일 지키고 있었다면 강제로 기절시키든지 해야 하는데 솔직히 그건 자신이 없었기 때문에 노형진은 안도의 한숨을 내쉬면서 그곳을 나와서 입원실 쪽으로 향했다.

'번호 키인가.'

거기에 붙어 있는 번호 키.

옛날에는 열쇠로 했었지만 환자가 그 열쇠를 빼앗아서 자해하거나 탈출하려고 하는 경우가 많아지자 번호 키로 바꾼 모양이었다.

'번호 키쯤이야.'

손가락을 키에 대고 기억을 읽은 뒤 잽싸게 열고 들어가는 노형진.

얼마쯤 안으로 들어가자, 사람들의 고함 소리와 비명 소리가 들려왔다.

"이히히히히!"

"으하하하!"

"으어엉엉……."

"저리 가……. 저리 가……."

진짜로 정신병이 있는 사람들도 있는 반면, 멀쩡해 보이는 사람도 제법 많았다.

"신명태 님! 신명태 님! 계십니까?"

노형진은 정신병원 안을 돌아다니고 있었다. 그때 갑자기 누군가 문을 '쾅!' 하고 온몸으로 부딪치면서 소리를 버럭버럭 질렀다.

"너! 너 때문이야! 너 때문이야!"

노형진은 갑자기 들리는 소리에 깜짝 놀라서 주춤주춤 물러났다. 그리고 창살 너머로 보이는 얼굴을 확인했다가 기가 막힌 표정을 지었다.

"이재명?"

이재명은 노형진이 학원에 갔을 때 악연을 맺은 녀석이었다. 자신이 노리던 여자와 친하게 지낸다는 이유로 노형진이 죽을지도 모르는 위험한 짓을 했다.

그러나 노형진이 미리 대비하는 바람에 친구를 죽이게 되어 그 당시에 13년 형인가를 언도받고 감옥에 갔다.

"이 녀석이 왜 여기에 있는 거지?"

아무리 생각해도 이해할 수가 없었다. 나오려면 아직도 멀었기 때문이다.

"노형진 이 개새끼! 너 때문이야!"

노형진을 알아본 듯 그는 바락바락 소리를 지르면서 몸부림쳤다. 그러나 어이가 없어진 노형진이 그에게 다가가서 자세하게 보려 하자, 갑자기 그가 눈을 뒤집으면서 뒤로 물러나기 시작했다.

"으아악! 때리지 마세요. 제발…… 시키는 대로 할게요.

때리지 마세요! 아아악! 제발…… 아아악!"

"뭐야?"

노형진이 어떤 행동을 한 것도 아니었다. 그저 접근하는 모션만 취했는데도 거의 패닉에 빠져서 발광하고 있었다.

"도대체 왜?"

노형진은 그에게 다가갔다가 얼굴을 찌푸렸다.

"크으, 냄새."

그가 문에 달린 작은 창살에 얼굴을 들이밀었다는 이유만으로 그 녀석이 갑자기 똥오줌을 갈기면서 부들부들 떨기 시작한 것이다.

"으으으으…… 제발…… 엄마, 살고 싶어요. 때리지 마세요. 때리지 마세요. 할게요. 하라는 대로 할게요. 벗을게요."

"뭘 벗…… 으윽."

갑자기 자기 바지를 풀고는 똥 범벅이 된 항문을 들이미는 이재명. 노형진은 그걸 보고 기가 막혔다.

"미쳤군. 진짜로 단단히 미쳤어."

자신이 구해 주러 온 사람과 다르게 이 인간은 제대로 미친 것 같았다. 감옥의 현실을 알고 있는 노형진은 그 꼴을 보고는 혀를 끌끌 찼다.

"안 봐도 뻔하겠네."

아무리 범죄자라고 해도 한국인인 이상, 친일파를 싫어하는 것은 기본 속성이다.

더군다나 가진 놈의 자식으로 평생을 갑으로 살아오던 녀석이 감옥 안에 들어갔으니 그동안 이재명이 보여 준 행동을 생각하면 밉보일 짓을 했을 게 뻔했다. 그리고 거친 삶을 살아온 범죄자들이 그걸 그냥 둘 리는 없는 노릇.

자신들만의 방식으로 보복했을 테고 한 번도 고통이라는 것을 느껴보지 못한 이재명은 그 고통에 미쳐 버린 듯했다.

"쯧쯧, 그러니까 마음을 곱게 써야지."

만일 제대로 살았다면 자신이 좋아하던 그 사람과 잘될 수도 있었을지도 모른다. 머리가 나쁘긴 해도 그의 집안 자체는 빵빵하니까.

그러나 이제 돌이킬 수 없게 되어 버렸다.

"제발 봐주세요."

똥물이 흘러넘치는 항문을 위로 하고 두 손 두 발로 엎드린 이재명을 보고 노형진은 뒤로 물러났다. 보아하니 자신을 진짜로 알아보고 소리를 지른 게 아니라 그냥 아무한테나 저러는 듯했다.

"네놈이 자초한 거다."

노형진은 그를 버리고는 다시 안쪽으로 들어갔다. 그가 찾아야 하는 건 이재명이 아닌 신명태다.

"신명태 님, 계십니까?"

노형진은 외치고 다녔지만 나오는 사람은 없었다. 혹시나 다른 층인가 하는 마음에 다급해질 때쯤이었다.

"누구요?"

"신명태 님이신가요?"

"나는 아니오만."

방 안에서 작은 쇠창살 너머로 고개를 내미는 한 남자. 그의 얼굴에는 우울함이 가득했다.

"무슨 일인데 명태 형님을 찾는 거요?"

"변호사입니다. 그분 문제로 뵈려고요."

"변호사?"

노형진은 고개를 갸웃했다. 미친놈이 어떻게 미친 건지 알 수 없는 게 사실이지만 아무리 봐도 그 남자의 모습은 정신병원에 입원시킬 정도로 심각해 보이지 않았기 때문이다.

"여기서 나가는 문제로 이야기해 보려고 합니다."

"나간다고?"

그 순간 커지는 눈동자를 보면서 노형진은 그 역시 신명태와 같은 피해자라는 사실을 확신했다.

"재산 때문에 갇혀 버리신 겁니까?"

"그걸 어떻게 안 거요?"

"신명태 님도 그런 것 같아서 구조하러 온 겁니다."

"뭐라고? 이보시오. 나 좀…… 제발 나 좀 꺼내 주시오. 꺼내만 준다면 10억, 20억, 아니 원하는 대로 다 주겠소! 제발 나 좀 꺼내 주시오!"

다급하게 창살 틈으로 손을 내미는 남자. 노형진은 그의 손을 잡고 진정시키면서 그의 기억을 읽었다.

'쯧쯧.'

이 남자도 신명태와 비슷한 경우였다. 아니, 더했다. 신명태는 자기 자식한테 당한 거지만 이 남자는 자기 자식이 아닌 재혼한 여자와 그 자식한테 당한 것이다.

무려 3년째 여기 갇혀 있는 상황.

"성함이 어떻게 되십니까?"

"구진호요. 제발 나 좀 꺼내 주시오."

"일단 오늘은 비밀리에 온 거라 안 됩니다. 아! 여기에다가 사인 좀 해 주십시오."

노형진은 문틈으로 종이와 볼펜을 넘겼고 구진호는 보지도 않고 사인했다. 꺼내만 준다면 전 재산을 다 준다는 사인을 하는 것도 거절하고 싶지 않았던 것이다.

그걸 본 노형진은 아무래도 이건 아니다 싶었는지 설명해 줬다.

"저희 쪽에서 만들어 온 가짜 유언장입니다. 사망하는 경우 전 재산은 불우 이웃 돕기에 쓰겠다는 겁니다. 아무래도 지속적으로 만나려면 핑계가 필요해서요."

"상관없소. 내 여기서 못 나가게 된다면 이대로 집행해 주시오. 그 연놈들에게 그렇게 돈을 빼앗기느니 차라리 그게 훨씬 좋겠소."

"알겠습니다. 오늘은 일단 신명태 님 때문에 온 거라서요.

어디에 계신 건지 아십니까?"

"저 건너편 끝에 있는 방이오."

"알겠습니다."

노형진은 그에게 감사의 인사를 건네고는 그곳에 가서 문을 두들겼다. 그러자 침대에 누워서 죽은 듯 자고 있던 신명태가 부스스 일어났다.

"무슨 일이야?"

"신명태 님, 꺼내 드리러 왔습니다."

"뭐? 날 꺼내 준다고?"

신명태의 행동도 구진호와 별반 다르지 않았다. 그 역시 꺼내 준다는 말에 문에 매달린 것이다. 노형진은 최대한 빨리 설명하고는 사인을 부탁했다.

"좋소이다."

신명태 역시 주저하지 않고 사인했다. 망할 자식 놈들에게 빼앗기느니 그게 나을 것 같았다.

'역시나 그랬어.'

볼펜과 종이를 넘겨주는 그 짧은 순간 노형진은 그의 기억을 읽을 수 있었는데 아니나 다를까, 그 또한 억울하게 갇혀 있는 것이 확실했다.

"지금쯤 아드님들이 오고 있을 겁니다. 그때쯤 다시 뵙게 될 겁니다. 그때 절 아는 척하시면 됩니다."

"힘들 거요. 만일 누군가 만날 일이 있다면 여기서 약을 놔 버리니까."

"그 부분은 깰 때까지 기다릴 테니 걱정하지 마시고요."

그들이 오기 전에 돌아갈 생각에 노형진은 다급했다.

"꼭! 꼭 기다려 주시오! 꼭!"

몇 번이나 확답받은 그는 노형진의 손을 잡았다. 그 뒤 노형진은 황급하게 돌아와서 대기실에서 마치 멀쩡하게 기다린 것처럼 가만히 있었다.

아니나 다를까, 얼마 지나지 않아서 남자 간호사가 고개를 불쑥 내밀었다.

"의사 선생님이 허가를 잘 안 내주시네요. 잠시만 기다려 주세요."

"그러죠."

말로는 그렇게 했지만 노형진을 감시하러 온 거라는 걸 모를 리 없었다.

'허가 같은 소리 하고 자빠졌네.'

진짜로 미친 거라면 기억을 읽었을 때 그 증상을 보여야 한다. 그러나 신명태도, 구진호도 상당히 멀쩡한 상태였다. 물론 사방에 미친 사람들이 있어서 정신적으로 지친 것은 확실했지만.

그렇게 거의 한 시간 반쯤을 기다리자 문이 열리면서 얍삽하게 생긴 남자 두 명이 들어왔다.

"누구십니까?"

"신명태 선생님의 아드님들입니다."

"반갑습니다."

"반갑습니다. 노형진입니다."

"신성현입니다."

"신성민입니다."

악수하면서 그들의 기억을 읽은 노형진은 피식 웃었다. 그들은 속으로 애가 바짝바짝 타고 있었다. 아버지의 유언장이 있다는 사실을 몰랐기 때문이다.

"그나저나 변호사님이 어쩐 일로 여기까지 오신 겁니까?"

"당연히 유언장을 집행하기 위해서지요. 저희 쪽에 연락이 없어서 좀 늦게 알았습니다만."

"아버지가 유언장을 쓰셨다는 말은 들은 적이 없어서……."

형인 신성현은 의심스러운 눈빛으로 바라봤지만 노형진은 당당하게 그의 시선을 받아넘겼다.

"원래 유언장은 기밀입니다. 만일 공개했다가 그게 마음에 안 든다고 살인 사건이라도 일으키면 어쩌란 말입니까?"

"크흠……."

맞는 말이다. 일반적으로 유언장은 공개하지 않는 것이 원칙이다.

"그래서, 그걸 볼 수 있을까요?"

"그건 사실을 확인하고 나서입니다."

"뭐라고요?"

"유언장의 확인은 그 내용이 달성되었을 때 공개됩니다. 아직까지 확인도 되지 않은 상태에서는 집행할 수 없습니다."

"끄응……."

두 사람은 마음이 다급했지만 방법이 없었다.

"일단 확인을 위해서 신명태 님을 만나 뵈어야겠군요."

"잠시만 기다리시면 될 겁니다."

신성민은 그렇게 말하면서 간호사에게 고개를 끄덕여 보였고 그 신호를 받은 남자 간호사는 잠시 후 축 늘어진 채로 흐느적거리는 신명태를 데리고 안으로 들어왔다.

"정상적인 상태는 아니시군요."

"그렇습니다. 그러니까 이제 유언장을 볼까요?"

"잠시만요."

"……?"

노형진은 그를 이리저리 살피다가 자리에 앉았다.

"보아하니 약에 취하신 모양입니다."

"아무래도 남을 만나면 극도의 공격성을 보이셔서 말이지요."

'공격성? 지랄한다.'

그는 어느 때보다 멀쩡했다. 배신당했다고 분노하는 것만 빼면 말이다.

"약에 취하신 채로는 유언장의 집행을 확인할 수 없습니다."

"네?"

"약효가 사라지면 그때 상태를 확인하고 집행 여부를 결정하겠습니다."

"이봐요!"

"장난합니까!"

"장난 아닙니다. 확실하게 상태를 확인하지 못했는데 그걸 공개할 수는 없지 않습니까?"

"이 새끼가 진짜!"

다짜고짜 노형진의 멱살을 잡아 올리는 신성민. 그럼에도 불구하고 노형진은 눈도 깜짝하지 않았다.

"이거 놓지 않으시면 경찰 부릅니다."

"경찰? 불러! 불러! 이 새끼야!"

"성민아!"

신성현은 깜짝 놀랐다. 재수 없게 경찰이 와 있는 상황에서 약의 효과라도 알게 되면 일이 커진다.

"죄송합니다. 동생이 좀 욱하는 성질이 있어서요. 그런데 진짜로 그렇게 하셔야 합니까?"

"네."

"으음……."

물론 여기서 공개하면 두 사람은 멘붕할 것이다. 그리고 전 재산은 불우 이웃 돕기에 사용될 것이다.

'하지만 그렇게 되면 의뢰인에게도 피해가 간다.'

그러니 최대한 의뢰인과 이야기하고 그의 의견을 따르는 것이 좋다.

"아버지가 정신 차리고 공격해도 전 책임 못 집니다."

"알고 있습니다. 변호사라는 직업이 그렇게 만만한 게 아니라서요."

그렇게 상당한 시간이 지나기 시작했다.

그렇게 약 여섯 시간이 흘러 급기야 점심시간을 훌쩍 넘기기까지 했지만 노형진은 조용히 약의 기운이 깨어나는 것을 기다렸다.

"으으으."

그리고 천천히 정신이 드는 신명태.

"이사장님, 저 기억하십니까? 노형진 변호사입니다."

노형진이 말을 꺼내자 힘겹게 고개를 들어서 그를 바라보던 신명태는 천천히 고개를 끄덕거렸다.

"일단 지각 능력은 있군요."

"으음……."

가짜라면 좋겠다는 생각을 하던 두 사람은 아버지가 노형진을 알아보자 대번에 불편한 얼굴이 되었다.

"어떻게 된 겁니까, 이사장님."

"난…… 난…….."

여전히 약 기운 때문에 정신이 아득해지는 상황에서 어떻게 해서든 꺼내 달라는 말을 하려는 신명태.

그걸 본 간호사는 깜짝 놀라면서 주머니에서 약을 꺼내 들었다.

"아무래도 공격성이 드러나나 봅니다. 진정제를 놓겠습니다."

혹시나 무슨 말을 할까 다급했던 직원은 신명태에게 진정제 주사를 들이밀었고 신성현과 신성민은 고개를 끄덕거리면서 놓으라는 신호를 했다.

하지만 간호사의 그런 행동은 노형진이 그의 손목을 잡아채서 멈추면서 실패하고 말았다.

"무슨 짓입니까!"

"아버지의 공격성이 나타난다니까요."

"그거, 진정제 아닙니까?"

"그렇습니다만?"

"이상하군요. 당신은 간호사 같은데 의사의 처방도 없이 무단으로 진정제를 주사할 권한이 있습니까?"

그 말에 간호사는 아차 하는 얼굴이 되었다. 원래 간호사가 혼자서 의료 행위를 하는 것은 불법이다. 노형진은 그 점을 노린 것이다.

이 자리에 의사가 있으면 모를까, 의사가 없는 상황에서 그가 주사를 놓는 것은 아주 위급한 상황이 아닌 이상에야 불법이다.

"그러고 보니 상태를 설명해야 할 의사는 어디에 갔습니까?"

"그거야……."

변호사가 왔다는 말에 의사는 슬쩍 자리를 비웠다. 괜히 법적인 문제에 얽히고 싶지 않았기 때문이다.

결과적으로 이들은 아무런 행동도 하지 못한 채로 천천히 신명태의 약 기운이 풀리는 것을 바라봐야만 했다.

간호사가 다급하게 전화를 걸어서 의사에게 처방전을 받으려고 했지만 의사가 어디서 술을 퍼 마시고 잠든 건지 연락되지 않았다.

"으으으……."

"정신이 드십니까, 신명태 이사장님?"

"그렇소. 어느 정도는."

"유언장 문제로 왔습니다. 유언장을 공개할까요?"

정신을 차린 신명태는 자신을 바라보고 있는 두 아들을 보고 이를 빠드득 갈았다. 자신이 애정을 주고 키웠는데 돌아온 것은 배신이라는 사실이 그를 진정으로 분노케 했다.

"유언장을 공개하겠습니다."

노형진은 아까 받아 둔 유언장을 공개했다. 그리고 그걸 본 형제의 얼굴은 새파랗게 질렸다. 만일 그가 사망할 경우 모든 재산은 불우 이웃 돕기에 쓰라는 내용이었기 때문이다.

"이건 사기야!"

"이건 명백하게 사기야!"

"사기가 아닙니다. 유언장의 작성자 앞에서 공개했는데 사기일 리가 있나요?"

"거짓말하지 마!"

다시 한 번 노형진의 멱살을 잡으려고 하는 신성민. 하지만 그렇지 못했다. 신명태가 그 사이에 끼어들었기 때문이다.

"노 변호사, 새로운 의뢰를 할 수 있겠소?"

"얼마든지요."

"날 여기서 꺼내 주시오."

"알겠습니다."

"헛소리! 아버지는 정신병자라고! 우리가 보호자야!"

신성현은 다급한 마음에 소리를 질렀지만 노형진은 벌써 새로운 계약서를 꺼내 들고 있었다.

"그건 재판해 보면 알겠지요."

노형진이 건넨 계약서에 사인하는 아버지를 보는 두 아들의 얼굴에 절망감이 깃들기 시작했다.

뛰는 놈 위에 나는 놈

"야, 이 씨팔 새끼야!"

노형진의 사무실 바깥에서 들리는 소리. 그리고 안절부절 못하는 사람들.

자신의 사무실에서 고개를 내민 노형진은 난리를 피우고 있는 인간들을 보면서 얼굴을 찌푸렸다.

"또 왔네, 저 새끼들."

아무래도 법률 쪽의 일을 하다 보면 기본도 안 된 안하무인 인간들을 많이 보게 된다. 그런데 저 녀석들은 딱 그 짝이었다.

"우리 아빠는 정신병자라고! 너희가 무슨 권한으로 대행하는데!"

"여기 사장 나오라고! 그래, 여기 사장!"

마구 소리를 지르며 집기를 집어 던지고 난리를 피우는 두 사람. 신명태의 아들인 신성현과 신성민이었다.

"저기, 이러시면 곤란합니다."

여직원은 안절부절못하면서 어쩔 줄 몰라 하고 있었고 직원들은 멀찌감치 떨어져서 눈치를 보고 있었다.

혹시나 문제가 될까 봐 다른 변호사들 역시 거리를 둔 채로 나서지 못하고 있었다.

'지랄한다.'

변호사 사무실을 하다 보면 저런 미친놈들이 있기 마련이다. 물론 지금까지 새론에서 저러는 녀석은 없었다. 새론이 워낙 큰 집단이라 부담스러우니까.

하지만 두 사람은 난장판을 만들고 있었다.

'안 봐도 비디오군.'

돈이 있어 고생이라고는 해 본 적 없이 떵떵거리면서 살았던 인간들이니 다른 사람이 얼마나 무서운 존재인지 모르는 것이다. 더군다나 자기 아버지까지 정신병원에 넣을 정도로 막 나가는 녀석들이니 말이다.

'한번 교육해야겠군.'

노형진이 화가 난 건 그들의 그런 행동 때문이 아니었다. 로펌 생활을 하다 보면 언젠가는 그런 녀석들을 만나기 마련이니까.

이것이 법이다

그가 화가 난 건 다른 곳도 아닌 법무법인의 직원들이 그들의 행동에 겁먹고 피해 있을 뿐만 아니라 변호사들조차 어쩔 줄 몰라 한다는 사실이었다.

'다른 분들이 있다면 좋겠지만.'

이런 것에 대한 대처법은 송정한과 남상주가 알고 있겠지만 그 둘은 다른 사건의 재판으로 인해서 자리를 비운 상황.

"하아!"

노형진은 물품실로 가서 카메라를 가지고 나왔다. 그러고는 슬쩍 그걸 내밀어서 코너에서 찍기 시작했다.

그렇게 한 5분쯤 지났을 때였다.

"이 개새끼들아! 뒈질래?"

유리로 된 탁자를 박살 내면서 깽판을 치던 신성민은 코너에서 삐쭉 나와 있는 카메라를 보고는 멈칫했다.

"저건 뭐야?"

노형진은 그들이 카메라를 발견했다는 사실을 알고는 코웃음을 치면서 몸을 드러냈다.

"다 하셨나요?"

"뭐 하는 거야, 이 개새끼야!"

"보다시피 채증 하는 겁니다."

"뭐? 채증?"

"무단 침입, 재물 손괴, 협박, 업무 방해. 더 말씀드릴까요?"

"뭐라고? 이 씹 째끼가! 그거 안 내놔?"

일단 죄목이 나오자 뭔가 잘못되었다는 사실을 알아챈 그들은 노형진에게 다가왔다. 하지만 노형진은 뒤로 스윽 물러났다.

"싫습니다."

"뒈질래?"

"빼앗으시려구요?"

"내놔, 이 개새끼야!"

"이거 빼앗으면 강도랑 증거인멸도 붙을 겁니다."

"윽."

지금까지 안하무인으로 행동했다. 법보다는 돈이 우선이었고 자신에게 겁먹은 녀석에게 돈을 던져 주면 그만이었다.

"너 이 개새끼, 우리가 작정하면 너 하나쯤 사회에서 매장시키는 거, 일도 아냐. 알아?"

그 말에 노형진은 비웃음이 흘러나왔다.

"웃기네."

"뭐?"

난데없는 반말에 어이없다는 얼굴이 되는 두 사람.

"그래서 두 사람의 재산을 합쳐서 얼마나 되는데? 200억? 300억? 아니, 애초에 그건 너희 재산이 아니라 부모님 재산 아닌가?"

"이 개새끼가 뭐라고 지껄이는 거야?"

"인마, 내 재산이 지금 4천억이 넘어. 뭐? 날 매장시켜?

해 보시지.”

“…….”

그 말에 바로 눈치를 보기 시작하는 두 사람.

‘이런 녀석들이야 뻔하지.’

그들은 돈으로 사람을 찍어 누르면서 살아왔기 때문에 잘
알고 있다. 돈의 위력이 얼마나 강한지 말이다.

그런 그들이 아버지에게 빼앗은 재산은 고작해야 몇백억
대다. 그에 비해 노형진의 재산은 벌써 4천억을 넘겼다. 손
대는 영화마다 막대한 성공을 거둔 덕분이다.

말 그대로 일하지 않고 영화에 투자만 해도 엄청난 수익이
나는데 돈이 안 모일 리가 없다.

“…….”

“왜? 더 해 보지?”

“이런 씨팔.”

눈치를 보던 두 사람은 주춤주춤 물러나기 시작했다. 사실
새론이 이렇게 큰 곳이라는 곳을 알지 못한 채로 와서 당황
하기는 했지만 그래도 ‘남자는 깡.’이라는 헛소리를 머리로
새기면서 깽판을 쳤는데 상대방은 자신보다 거물이다. 더군
다나 자신들은 제대로 취업도 못 한 백수인데 저쪽은 한창
잘나가는 변호사.

“너 이 새끼, 두고 보자!”

몸을 돌려서 뛰쳐나가는 두 인간을 노형진은 딱히 말리지

않았다.

"노 변호사님, 대단해요."

"어떻게 그렇게 말 몇 마디로 쫓아내신 거예요?"

그 말에 노형진은 한숨이 다 나왔다.

"여러분들, 여기 어딥니까?"

"네?"

"여기는 로펌입니다. 법률 전문가들이 모여 있는 곳이라고요. 검찰이나 법원에서 저런 깽판 치는 녀석들, 봤습니까?"

"그거야……."

그런 곳에서 깽판 치는 녀석은 없다. 그곳에서 깽판을 치면 속절없이 잡혀가기 때문이다.

"거기나 여기나 결국은 법을 집행하는 곳 중 하나입니다. 왜 그걸 두고 봐요? 일반 상가도 아니고 말입니다. 제정신입니까?"

"……."

그 말에 아무런 말도 못 하는 사람들.

"저런 인간들은 안하무인입니다. 이쪽에서 인간 대우를 해 주거나 무서워하면 더 깽판을 칩니다. 그걸 아셔야지요. 일단 일반 직원들은 법률 전문가가 아니니 몰랐다고 칩시다. 변호사분들은 지금 뭐 하는 겁니까?"

노형진이 아무리 상급자이고 경험이 많은 사람이라고 하지만 그래도 아직은 나이가 어린 편에 속하기 때문에 보통 변호사들에게는 대놓고 뭐라고 하지는 않았다.

하지만 오늘의 문제는 심각했다.

"변호사라는 사람들이 깽판 치는 녀석들을 보고 도망쳐요?"

"하지만…… 저희는 싸움 같은 건……."

"지금 제가 싸웠습니까?"

"……."

"그리고 싸움의 문제가 아니라 도망갔다는 거 자체가 문제입니다."

변호사는 변론하다 보면 이런저런 압력을 받기 마련이다. 그런 건 자신들이 쳐 내 주고 있기는 하지만 언젠가는 직접 그 압력과 대면해야 하는 상황이 올지도 모를 일이다.

"사건을 맡았다가 누가 압력을 넣으면 꼬리를 말고 도망칠 겁니까?"

"……."

그게 문제다. 단순히 깽판 치는 게 무서워서 도망치는 변호사들이 과연 중요한 사건을 감당할 수 있을까?

"일하다 보면 압력이 얼마나 많이 들어오는지 압니까? 동네 상인회부터 국회의원이나 정치인, 심지어 대법관에게서 압력이 들어오는 경우도 있습니다. 그럼 그때마다 꼬리 말고 도망갈 겁니까, 의뢰인은 냅두고?"

"……."

그게 사실이었기에 변호사들은 아무런 말도 하지 못했다.

아직 안 겪었다 뿐이지, 여전히 그런 위험성은 존재한다.

새론이 대롱과 대검찰청 중수부장이라는 백이 있다는 점은 널리 알려진 사실이라 어지간해서는 압력을 넣지 못한다.

그러니 그걸 무시하고 압력을 행사할 정도라면 상당히 큰 최소한 국회의원 이상급이라는 거다.

"더군다나 몇 분은 여기서 배워서 나가서 개인 변호사 사무실을 차리는 게 꿈이라고 하셨는데 그때도 도망가실 겁니까? 도망가는 사람한테 일을 맡길 사람이 있겠습니까?"

법적으로 변호사들은 고용할 수 없다. 월급 변호사라고 이야기하지만 그건 사실 편법이고, 엄밀하게 말하면 모든 변호사들은 소속 변호사라는 일종의 평등 개념으로 들어오게 되어 있다.

즉, 누군가는 나가서 새로운 로펌을 만들거나 개인 변호사 사무실을 만들게 된다는 것이다.

"애초에 나가시면 분명 새론 출신이라는 타이틀을 사용하실 게 뻔한데 그렇게 도망치면 우리 새론의 이름을 더럽히는 겁니다. 아십니까?"

무패의 신화까지는 아니겠지만 압도적으로 높은 승률, 그리고 체계적인 변론 방법과 경험론에 근거한 실전적 전술까지, 새론은 하나의 시류가 되어 가고 있다. 당연히 변호사들이 나가면 그 새론 출신이라는 타이틀을 쓰려고 할 것이다. 그런데 그들이 사건에서 도망치면 사람들이 새론 출신을 무시하게 될 건 뻔한 일.

"……."

그 말에 변호사들은 아무런 말도 하지 못했다. 노형진의
말 중에서 틀린 것이 없었기 때문이다.

"이 문제의 해결책에 대해서 생각 좀 해 봐야겠군요. 일단
사진을 찍어서 증거 채증들 하십시오. 그리고 여기에다가 소
화기 두 대 사다 놓으시고요."

"소화기요?"

"세상은 미친놈투성이입니다."

실제로 회귀 전에 어떤 놈이 노형진의 사무실에다가 화염
병을 투척하는 바람에 하마터면 타 죽을 뻔한 적도 있었다.

노형진이 소화기를 비치해 두지 않았다면 아마 타 죽었을
지도 모른다.

"돈 많이 벌고 싶어서 변호사 한 거 아닙니까? 세상에 쉽
게 벌 수 있는 돈은 없습니다."

"알겠습니다."

변호사들은 서둘러서 움직이기 시작했다. 그나마 다행인
건 여기 있는 변호사들은 최소한 눈치가 없는 변호사들이 아
니라는 것이다.

다들 새론의 등장과 더불어 법률계의 움직임을 보고 새론
이 미래를 이끌 거라는 걸 확신하고 왔기에 적응하는 속도는
빠른 편이었다.

여전히 변호사입네 하고 목에 힘주는 사람들은 조만간 로스쿨이 열리고 변호사들이 쏟아지기 시작하면 아마도 죽을 만큼 고생하게 될 것이다.

"쩝…… 그나저나 저 병신들을 어떻게 할까?"

안하무인으로 저렇게 날뛰는 녀석들은 나중에 문제를 일으킬 것은 당연한 일. 노형진이 봤을 때 그들은 절대 물러나지 않을 것이다.

"뭐, 한번 끝까지 가 보자고."

걸어온 싸움은 노형진은 피할 생각이 없었다.

⚖

"경찰을 부를까요?"

"그게……."

간호사는 죽을 맛이었다. 노형진이 정신병원에 와서 신명태를 만나겠다고 했기 때문이다.

하지만 피해자의 자식들과 의사는 절대 만나지 못하게 하라고 했다. 자식들은 돈을 다시 빼앗기는 것이 두려웠고, 의사는 자신이 범죄에 연루된 것이 드러날까 두려웠던 것이다.

"일단은……."

시간을 끌려고 했지만 그에 당할 노형진이 아니었다.

"여보세요. 경찰이죠?"

"아니, 잠시만요. 의사 선생님의 말씀을 들어야······."

"여기 용인에 있는 ○○정신병원인데요. 의사가 의뢰인을 감금한 채로 만남을 막고 있습니다."

"열어 드릴게요. 네, 열어 드릴게요."

간호사는 다급하게 문을 열었지만 노형진은 전화를 끊은 뒤였다.

"괜찮아요. 경찰이 오면 그때 같이 들어가겠습니다."

"아주 난리가 났던데?"

"뭐, 그런 거죠. 저들은 한번 길들여 놔야 알아서 깁니다."

경찰이 오자 노형진은 담당 간호사와 의사를 업무방해로 고발했고 경찰은 증언과 증거를 챙기기 시작했다.

정식으로 고발했으니 아마도 저들에게 상당한 벌금이 나올 것이다.

"이런 식으로 하지 않으면 아마 갈 때마다 하염없이 기다려야겠지요."

"그렇겠지."

아마도 경찰을 부르지 않았다면 저들은 그가 찾아올 때마다 신명태에게 상당한 양의 진정제를 투여할 테니 매번 기다리든지 다시 오든지 해야 할 것이다.

그리고 그건 노형진에게도, 신명태에게도 좋지 않았다.

"오늘은 운이 좋았습니다. 아마 다음번에는 바로 진정제를 투여하려고 할 겁니다."

"그렇겠지."

아무리 변호사라고 할지라도 법적으로 규정된 면회 시간이 지나면 당연히 만날 수가 없다. 의사가 진정제를 투여해서 그 시간이 지나가길 기다린다면 대책이 없는 것이다.

"그러니 오늘 최대한 이야기해야겠습니다. 다급한 상황이니 좀 노골적이라도 이해 좀 부탁드립니다."

"아니네. 자네가 여기서 꺼내만 준다면 반말해도 상관없네."

무려 1년 반을 정신병원에 있었다. 꺼내 달라고 해도 그들은 들은 척도 하지 않았다.

"그래서 총재산은 어느 정도 되십니까?"

"1,200억쯤 될 걸세."

"우와."

생각보다 많은 재산에 노형진은 깜짝 놀랐다.

"그런데 그런 행동을 한 건 언제부터입니까?"

"그런 행동?"

"아드님들이 돈을 요구한 거 말입니다."

"아드님은 무슨, 개자식들이지."

그의 말에 따르면 아들을 너무 오냐오냐하며 키운 것이 실수라고 했다. 제대로 사회생활이라고는 해 본 적도 없이 돈만 쓰면서 자라다 보니 사회에 대해 제대로 모른 채 성격만 버려 놔서 남의 아래에서 일도 못 하게 되었다고 한다.

몇 번 사업을 한다고 해서 돈을 주기는 했는데, 문제는 사업이라는 게 남에게 고개를 숙일 줄도 모르는 사람이 시작하면 필연적으로 망할 수밖에 없는 것이었다.

"무려 네 번이네. 네 번이나 10억씩 줬는데 다 말아먹더군."

즉, 40억이나 줬는데 망한 것이다.

나중에는 하도 답답해서 남에게 고개를 숙이지 않아도 되는 식당을 내줬다. 일단 관리만 제대로 하면 문제가 안 생기게 말이다.

그런데 문제는 그다음이었다.

"그 멍청한 녀석들이 관리를 제대로 안 하더군."

자신에게 온갖 감언이설을 하는 녀석들만 남기고 주변에서 쓴소리를 하는 직원들은 죄다 잘라 버린 것이다.

당장 음식의 맛에 대해서 우려를 표명하거나 직원의 행동에 대해서 주의를 주는 제대로 된 사람들이 사라지고 듣기 좋은 거짓말만 하는 사람들이 남게 되자 음식의 질은 급속도로 떨어질 수밖에 없었고, 그로 인해 제대로 대우받지 못하게 되자 실력 좋은 주방장들이 모조리 나가 버렸다.

결국 질도, 맛도 최악이 되어 버려서 음식점마저 망했다고 한다.

"그래서 결국은 극단적인 선택을 했네."

지원을 완전히 끊어 버렸다. 정신을 차려서 직접 돈을 벌도록 말이다. 그런데 그러던 어느 날, 잠자리에 들 준비를 하고 있는데 갑자기 하얀 가운을 입은 사람들이 들이닥쳐서는 그를 강제로 끌고 갔다는 것이다.

"그렇군요."

그걸 들은 노형진은 안타까움을 금할 수가 없었다. 부모가 너무 잘난 나머지 자식이 무능하게 되는 것은 단순한 무능의 문제가 아닌 정신병의 문제로 봐야 한다. 즉, 정신병자는 신명태가 아닌 그 둘인 것이다.

그걸 모르고 한국 부모들은 다짜고짜 그들의 지원을 끊어 버리는 식으로 조취를 취한 뒤 정신을 차리기를 바라지만 그건 정신병자에게 약을 끊어 버리는 짓이나 다름없다.

"실질적으로 그런 사람들은 정신과 진료를 받아야 합니다. 입원은 하지 않더라도 최소한 자신감 회복을 시켜야 해요. 그들은 자존감과 관련하여 심각한 정신병을 가지고 있다고 봐도 무방하니까요."

"그 정도까지야……."

"결과는 지금 보고 계시지 않습니까?"

"할 말이 없군."

설마 자식 놈들이 부모인 자신을 정신병원에 감금시킬 줄이야.

"일단 재산의 상태는 제가 좀 확인했습니다."

"아까 재산을 물어본 건 그럼?"

"1년 반이나 계셨습니다. 그사이에 무슨 일이 벌어졌는지 확인하려고 했던 겁니다. 결과적으로 말해서 현재 신명태 님의 재산은 약 1천억입니다."

"뭐라고?"

그 말에 신명태는 깜짝 놀랐다. 자신이 아무리 대략적으로 알고 있었다지만 그래도 약 1,200억을 넘는 것은 확실하게 기억하고 있다. 그런데 약 1천억이라니?

"자식 놈들이 그걸 그냥 두겠습니까?"

"억!"

올라가는 혈압에 그는 자신도 모르게 뒷목을 잡았다. 고작 1년 반 만에 200억을 날리다니.

"도대체 뭘 한 건가? 그 녀석들이 사업이라도 한 건가?"

"그랬으면 그거라도 남아 있겠습니까?"

"그럼 설마……."

"그냥 쓴 겁니다."

"그냥 쓴 게 200억이라고!"

"네."

허탈한 얼굴이 되는 신명태였다. 사업을 하다 말아먹은 것도, 어디에 준 것도 아닌데 두 명이서 쓴 돈이 200억이란다.

"그나마 다행인 건 일부는 되찾을 수 있다는 겁니다. 자신의 이름으로 아파트를 사거나 차를 산 기록도 있으니까 그건 되찾아 오실 수 있습니다. 하지만 못해도 100억 이상의 손실은 각오하셔야 할 겁니다."

"이런 환장할…….."

아무리 부자라고 하지만 그는 도대체 그 짧은 사이에 무슨 일이 벌어진 건지 이해할 수가 없었다. 1,200억대의 부자라고 하지만 그의 한 달 생활비는 300만 원을 넘은 적이 없다. 그런데 단 두 명이서 200억이라니.

"그리고 꺼내 드리는 건 문제가 되지 않을 겁니다. 일단 법원에 신청하면 법원에서 전문 정신감정 의사를 지정할 겁니다."

"설마 지금 있는 사람은 아니겠지?"

"그럴 리가요."

이런 문제가 생기면 그사이에 정신병원에 있는 의사가 끼어 있다는 것을 법원이 모를 리가 없다. 당연히 정신감정을 위해 제3의 의사를 보내 준다.

"그 후에는 바로 풀려날 겁니다. 아마…… 길어도 2주면 될 겁니다."

"고맙네."

2주면 풀려난다는 생각에 신명태의 눈에서는 눈물이 그렁그렁 맺혔다. 그동안 자신이 얼마나 고생했던가?

"그러니 조금만 참으십시오."

"고맙네, 고마워."

그의 손을 잡고 다독거리던 노형진은 몇 가지 사실들을 확인하고는 바로 짐을 챙겼다. 시간상 아직 면회 시간이 남았기 때문에 신명태는 고개를 갸웃했다.

"벌써 돌아가려는 건가?"

"아닙니다. 다른 분이 한 분 더 계십니다."

"누구? 아, 진호도 하려고 하는 건가?"

"네, 어떻게 아십니까?"

"정신병원이라고 스물네 시간 내내 가둬 두지는 않는다네. 산책 시간에 자네 이야기를 하더군."

구진호와 신명태는 미친 사람들이 득시글거리는 이곳에서 유일하게 정상적인 사람이었기에 그 둘은 서로에게 의지하면서 버텨 왔다. 그러지 않았다면 주변에 정신병자만 가득하니 어쩌면 진짜로 미쳐 버렸을지도 모른다.

'그리고 그걸 노리는 거고 말이야.'

많고 많은 곳 중에서 왜 정신병원일까?

그건 누군가를 만나는 것 자체가 불가능한 정신병원의 특성상 비밀이 지켜지는 데다가 그곳에 있으면 멀쩡한 사람도 미치기 때문이다. 더군다나 안전상의 이유라는 말로 진정제 같은 것을 무제한 사용할 수 있다.

"그 친구도 불쌍하지. 결혼한 여자가 그 꼴이라니."

"그나마 그분은 다행입니다. 여자가 재산을 몽땅 날려 먹지는 않았거든요."

"3년이 지났는데 말이오?"

"네, 호화롭게 살고 있기는 합니다만 그다지 재산이 많이 줄어들지는 않은 듯합니다. 준비를 미리 잘하셨더군요."

아내가 죽고 자식도 없었던 구진호는 그저 조용히 여행하면서 살고 싶어서 회사에도 전문 경영인을 배치하고 재산 전문 관리인을 고용했다. 그 덕분에 자식들도 섣불리 손대지 못하고 있었다. 만일 그들을 자르려 할 경우 그들이 정신병원에 가 있는 구진호와 접촉할까 봐 겁먹어서였다.

"덕분에 재산은 지켰습니다. 뭐, 그래도 그들은 호화로운 삶을 살고 있지만요."

예금된 돈의 이자만 해도 한 달에 1억이 넘는 돈이니 부족함이 없으리라. 그렇게 버티다가 진짜로 죽으면 모두 삼킬 수 있기 때문에 그들은 방심하고 있었다.

"제발 꺼내 주게나. 그럼 무슨 소원이든 들어주겠네."

"그 부분은 걱정하지 마십시오."

노형진은 서류를 들고 자리에서 일어났다. 사건은 많고 시간은 부족하다.

⚖

군대에 갔다 온 사람들은 안다. 입구에 있는 위병소 단 하나로 인한 차이가 얼마나 큰지를 말이다.

노형진과 함께 나오는 신명태와 구진호의 늙은 얼굴에는 눈물이 흘러내리고 있었다.

"자유라니."

법원에서는 다른 병원으로 이송하도록 명령이 내려왔고 그 덕분에 그들은 훨씬 자유로운 대학 병원으로 옮겨 안정적인 상태에서 정신병 관련 검사를 받을 수 있었다.

물론 신명태의 자식과 구진호의 아내는 로비를 통해서 어떻게든 조작해 보려 했지만 애초에 작은 병원이 아닌 대학 병원이 그런 로비에 넘어갈 리 없다.

그들은 약간의 우울증은 있지만 나머지는 정상이며 우울증 역시 장기간 갇힌 상태에 있다는 점을 감안하면 정상인 범주에 속한다는 소견서가 제출되자 드디어 정신병원에서 나올 수 있게 되었다.

"고맙네……. 고마워!"

"고맙긴요. 이제 시작인데요."

"이제 시작?"

"집에 가면 그 녀석들이 가만둘 거라고 생각하십니까?"

"헉!"

그 부분은 생각하지 못했던 두 사람은 입을 쩍 벌렸다.

"어찌 되었건 두 분은 정신병원에 입원한 기록이 있습니다. 법원의 명령으로 풀려났다고 하지만 다른 병원에서는 알 바 아니죠."

그 말에 구진호의 얼굴이 새파랗게 질렸다.

'실제로도 흔하게 일어나는 일이고.'

어찌어찌해서 법원의 결정을 받고 나와도 그 결정은 입원 당시에만 효과가 있다. 그래서 이를 악용하여 가족들이 다른 병원과 짜고 다시 정신병원에 넣는 경우가 흔했다.

오죽하면 아예 누군가에게 도움을 청하지 못하게 하려는 목적에서 1년 단위로 정신병원을 순회시키는 놈들도 있을 정도였다.

"그렇게까지 하겠는가? 설마…….."

신명태는 애써 부정하고 싶었지만 마음 한구석에서는 이미 그 부분을 인정하고 있었다.

"상식적으로 자신들의 계획이 실패했다면 당장 달려와서 한 번만 용서해 달라고 빌어야 정상입니다. 하지만 애초에 아무도 오지 않은 것을 보면 그럴 생각이 없다는 뜻입니다. 즉, 다른 방법을 준비해 놨다는 거지요."

"어…… 어떻게 그런 일이…….."

"어려운 일은 아닙니다."

모든 정신병원들에는 이런 더러운 카르텔이 있다. 아마도 여기서 나가는 환자를 다른 병원에게 넘기는 조건으로 얼마의 돈을 받기로 했을 것이다. 그리고 가족들에게 어디의 누구이며 이런저런 방법이 있고 도와줄 사람은 누구라는 것까지 다 알려 준 상태일 가능성이 높다. 그렇지 않다면 그들이 찾아오지 않을 이유가 없다.

"애초에 이들은 범죄를 저질렀습니다. 의사의 입장에서는 후환을 막기 위해서라도 다시 가둬 둘 필요가 있지요."

"……."

이건 단순히 돈의 문제가 아니다. 완전한 범죄 집단의 행동이라고 봐야 한다. 돌아간다고 한들 그들이 다시 이들을 놔줄 가능성은 0%라고 봐도 무방하다.

"이럴 수가……."

"어쩌실 겁니까?"

"우리에게 선택권이 있나?"

저들은 자기 자식이고 자신들에 대한 보호자가 될 권한이 있는 자들이다. 그렇다면 그걸 어떻게 막는단 말인가? 그러나 노형진은 이미 방법을 찾아 둔 상태였다.

"있습니다."

"뭐?"

"있다고?"

"네, 친자 관계 부존재 소송입니다."

"친자 관계 부존재 소송?"

"그렇습니다."

친자 관계 부존재 소송에 해당하는 경우는 두 가지가 있다.

첫 번째가 아내가 낳은 애가 친자식이 아닌 경우, 즉 바람 피워서 낳은 경우다. 여자의 경우에는 직접 낳기 때문에 남의 자식일 가능성이 거의 없지만 남자는 그게 아니다 보니 의외로 이런 경우가 많다.

그리고 나머지 하나는 사람들은 잘 모르지만 친자 관계를 존속할 수 없을 정도로 극단적으로 누군가 잘못했을 경우다.

"이 경우는 두 번째에 해당됩니다."

"음······."

"만일 이걸 하게 되면 어떻게 되는 건가?"

"정확하게 말하면 옛날에서 말하는 호적에서 파 버리는 일이 벌어집니다. 그 관계는 아버지뿐만 아니라 아버지를 기준으로 친척에게까지 영향을 미칩니다. 쉽게 말해서 아예 남남이 된다는 뜻이지요. 그 상황에서는 상속권도 없을 뿐만 아니라 두 분이 걱정하시는 보호자로서 정신병원에 넣는 행동도 불가능하게 됩니다."

"난 하겠네."

구진호는 주저하지 않고 말했다. 어차피 남의 자식이고 당장 이혼하게 될 문제다. 그러니 거리낄 게 없다.

하지만 신명태는 여전히 말하지 못한 채 입을 다물고 있었다.

"걱정하시는 겁니까?"

"아비란 그런 존재라네."

자식이 자신을 배반하고 정신병원에 넣었다고 하지만 아버지라는 이름은 여전히 그들을 걱정하게 만들었다.

"걱정하지 마십시오. 만일 그들이 정신을 차린다면 법원을 통해서 다시 친자 관계를 복구할 수도 있습니다."

"그런가?"

"네, 그리고 애초에 어느 정도 재산으로 도와주는 건 어렵지 않습니다. 양도가 가능하니까요. 다만 두 사람이 보호자라는 이유로 신명태 님을 다시 정신병원에 넣는 것은 막자는 겁니다."

"그게 나을지도 모르겠군."

저들이 자신에게 요구하는 건 돈이고 아버지로서 사실상 그들에게 도움을 줄 수 있는 것도 돈뿐이다. 따라서 진짜로 돕고자 한다면 친자 관계와는 상관없이 도울 수 있다.

"물론 그때는 저쪽에서 매달리겠지요."

만일 소송에서 지게 된다면 그들은 아무런 권한도 없게 되니 아버지에게 살려 달라고 빌 수밖에 없게 된다. 그들의 재산은 모조리 아버지의 재산을 빼돌린 것이니 말이다.

"세상 경험을 원하시는 만큼 아주 혹독하게 시켜 줄 수 있을 겁니다."

그 말에 신명태는 마음을 결정했다.

"그걸 하도록 하지. 그럼 이제 어떻게 해야 하나?"

"아마 집에 가면 조만간 다시 호송하는 놈들이 들이닥칠 겁니다. 그러니 숙소는 호텔로 하시는 게 좋을 것 같습니다. 그리고 호텔에 가기 전에 은행에 들러서 모든 자산을 동결하십시오."

"그럽세."

신명태는 고개를 끄덕거렸다.

"뭐라고!"

신성현은 기름을 채우고 돈을 내기 위해 카드를 내밀었다가 직원이 한 말에 깜짝 놀랐다.

"이 카드, 정지되었는데요?"

"그럴 리가."

분명 아버지의 카드다. 그 안에 들어 있는 돈이 한두 푼이 아닌데 정지되었니?

"다시 한 번 해 봐."

"네."

직원은 다시 긁었지만 여전히 거래 불가라고 뜰 뿐이었다.

"그럼 이건?"

다른 카드를 내미는 신성현. 그러나 이것저것 긁어도 되는 것이 없었다. 신용카드뿐만 아니라 체크카드까지 말이다.

"어떻게 된 거야?"

그가 고개를 갸웃하는 순간, 갑자기 전화기가 울렸다.

"여보!"

"응? 왜?"

"나 백화점에 백 하나 사러 왔는데 카드가 안 되는데?"

"안 된다고?"

"응."

"그럴 리가?"

"아니야, 안 돼."

그 순간 신성현은 아차 했다. 자신이 방금 썼던 카드들의 공통점이 뭔지 알아챈 것이다.

"혹시 그거 아버지 카드야?"

"응, 그런데?"

분명 아버지는 오늘 아침에 병원에서 나온다고 했다.

"이 영감탱이가."

신성현은 이를 빠드득 갈았다. 나온다는 소식은 들었지만 어차피 바로 다음 병원에 처넣을 거라서 그다지 신경 쓰지 않았다. 하지만 나오자마자 카드와 통장을 바로 지급정지 시킬 거라고는 예상하지 못했다.

"며칠 봐서 해 주려고 했더니 안 되겠네."

그는 바로 전화를 끊어 버리고는 어디론가 전화했다.

"어, 난데. 한 번 더 일해 줘야겠어."

⚖

며칠 뒤 신명태의 집으로 한 대의 구급차가 앵앵거리는 소리를 내면서 달려왔다. 그런데 그 차는 보통 119와는 색도, 모양도, 심지어 앵앵 울리는 소리도 달랐다. 속칭 129였다.

129란 사설 구급차 서비스를 말한다. 이는 좋게 말하면 애매한 환자를 옮겨야 하는 상황에서 일반 차량으로 옮기지 못하는 경우, 비상용 차량인 119를 쓸 수가 없으니 129가 돈을 받고 대신 움직인다는 개념이다.

하지만 실질적으로 사설 구급차 업체들이 난립한 상태라, 모든 업체들에 수익이 발생할 정도의 환자가 있을 수가 없다.

그래서 일부 잘못된 업체들이 개척한 수익 모델이 바로 인간으로서는 해서는 안 되는 행위였다. 바로 납치 대행.

"이 노친네, 어떻게 나왔대?"

"무슨 변호사가 빼 줬다는데요?"

입구에 멈추는 차량.

그리고 그 안에서 내리는 덩치 좋은 두 사람과 한 사람의 자동차 운전사.

"미친 노친네 같으니. 그 안에 있으면 먹여 줘, 재워 줘, 다 해 주는데 뭐가 좋다고 기어 나와서는."

"덕분에 우리야 좋은 거 아닙니까? 한 번 더 이송하면 돈을 더 받는 거 아니겠습니까?"

"하긴 그렇지. 이번에는 좀 거리가 먼 곳이던데. 이번에도 짭짤할 거야."

이들이 말하는 이송이란 멀쩡한 사람을 정신병원에 가둬 버리는 걸 말한다. 이들은 그런 식으로 막대한 돈을 벌어들이고 있었다. 명백하게 불법이라 한 번에 1천만에 가까운 돈을 받기 때문이다.

"나도 이런 곳에 살아 봤으면 좋겠네."

"그리고 자식 놈 때문에 정신병원에 들어가고?"

"낄낄낄."

서로 시시덕거리면서 그 문으로 다가가는 사람들.

그들은 주머니에서 열쇠를 꺼내 문을 열고 익숙하게 안으로 들어갔다. 하지만.

"어?"

그들은 불이 꺼진 안쪽을 보면서 고개를 갸웃했다.

"뭐야? 없나?"

"집에 있다고 하지 않았어?"

"이거, 뛴 거 아냐?"

"뛰었다고?"

"그런 것 같은데?"

"아니지. 자고 있을 수도 있잖아."

"하긴."

정신병원에서 그렇게 시달리고 나온 인간이라면 일찍 잠들 수도 있다. 술을 좋아하는 인간이라면 술은 구경도 못 했을 테니 고주망태가 되어서 널브러졌을 수도 있다.

"일단 안으로 들어가 보자."

그들은 마당을 가로질러서 집안으로 발을 내디뎠다. 하지만 안은 조용하고 썰렁할 뿐이었다.

"어떻게 된 거지?"

"진짜로 튄 거 아냐?"

"일단 일찍 잠들었을 수도 있으니 뒤져 보자."

천천히 안으로 들어간 그들은 온 방 안을 뒤지고 나서야 집 안이 비었다는 사실을 인정할 수밖에 없었다.

"진짜로 튄 거 아냐?"

"젠장, 이 노친네, 어디로 간 거야? 일단 돌아가자."

그들이 막 몸을 돌려서 현관으로 나오는 찰나였다. 갑자기 강렬한 빛이 동시에 그들을 비췄다.

"꼼짝 마! 움직이면 쏜다!"

"으헉!"

"이건 뭐야, 씨발!"

갑작스러운 빛에 멈춰 버리는 세 사람. 그들의 눈에 들어온 것은 손전등을 든 채로 자신들을 노려보는 네 명의 경찰들과 한 무리의 사람들이었다.

"저기요, 우리는 구급차 요원입니다. 환자가 있다고 해서 온 것뿐이라고요."

약간 당황한 듯한 행동대원 두 명과 다르게 느긋하게 대답하는 운전자. 아마도 이 팀의 대장인 모양이었다.

"근데 왜 불법 침입을 했지?"

"불법 침입이라니요? 우리는 정당하게 받은 열쇠로 열고 들어왔습니다."

대장으로 보이는 운전자는 느긋하게 말했지만 곧 어둠 속에서 나오면서 코웃음을 치는 노형진의 말에 얼굴이 딱딱하게 굳어 버렸다.

"말이 되는 소리를 해라. 긴급 출동을 하는데 언제 열쇠를 받아서 문을 열고 들어가?"

"……."

말도 안 되는 소리다. 긴급 출동이라는 것은 그 안에 긴급한 환자가 있다는 뜻이다. 그런데 열쇠를 받아서 열었다는 건 사전에 올 걸 예정하고 있었다는 것을 의미하니 그들이 긴급 출동했다는 말은 거짓말이 되어 버린다.

"집주인이 부른 거라고요. 정말입니다."

일단 시간을 끌면서 자신을 부른 신성현이 오기를 기다리려고 하는 세 사람. 하지만 그들의 그런 말은 실수였다.

"집주인? 신고한 게 집주인이다, 이 새끼들아."

"네?"

경찰의 말에 무슨 소리인가 하는 표정을 지으려는 찰나, 그 경찰 뒤에서 한 남자가 모습을 드러냈다.

"저 노친네!"

"저거!"

잡아야 하는 대상이 등장했음에도 불구하고 세 사람은 달려들 수가 없었다. 경찰들이 자신을 조준하고 있는 데다가 주변에 시커먼 양복을 입은 경호원들이 자리 잡고 있었기 때문이다.

"이분이 집주인이거든? 카메라에 너희가 보여서 부르신 분이다."

"카메라?"

그 말에 당황하는 세 사람.

노형진은 신명태를 바라보았다.

"혹시 아는 사람이 있습니까?"

그 세 사람을 물끄러미 바라보던 그는 고개를 끄덕거렸다.

"지난번에 절 납치한 사람들입니다."

"얼씨구? 주거침입에 납치까지 했어? 경찰 여러분, 들으셨죠?"

노형진의 말에 경찰은 고개를 끄덕거리면 수갑을 꺼내 들었고 그 세 사람은 황급하게 변명하기 시작했다.

"진짜라니까요! 우리는 이송 요청을 받아서 온 것뿐입니다!"

"그래? 진단서는?"

"네?"

"이송 요청을 받아서 온 거면 의사한테 진단서를 받았을 거 아냐, 이 새끼들아. 그러니까 진단서는?"

"……."

이것이 법이다

진단서 같은 게 있을 리 없다.

그들은 서로의 눈치만 바라보면서 눈을 데굴데굴 굴리기 시작했다. 본능적으로 상황이 엿 같다는 사실을 알아챈 것이다.

"주거침입에 납치 그리고 납치 미수. 연행하는 데에 지장 없죠?"

"충분합니다."

경찰이 능숙하게 수갑을 꺼내 다가가자 그들은 눈을 사방으로 굴리기 시작했다. 도망갈 길을 찾기 시작한 것이다.

노형진은 그걸 보고 뭔가를 직감적으로 느낄 수 있었다.

"이런 씨팔!"

한 명이 갑자기 뛰기 시작하자 사방으로 도망치는 범인들.

"잡아요!"

그렇게 눈깔을 돌려 댔으니 경험 많은 노형진과 경찰이 모를 리가 없었기에 그들은 순식간에 제압당해 바닥을 나뒹굴었다.

"놔! 놓으라고, 썅!"

"이 새끼야, 가만있어!"

결국 경찰에 끌려서 나오는 세 사람.

노형진은 그들을 물끄러미 바라보다가 대장의 주머니에서 차 키를 꺼내서 차로 다가갔다.

"변호사님?"

"일을 여러 번 할 필요 있겠습니까?"

노형진은 능숙하게 차 문을 열고 들어가 내부를 이리저리 살펴보다가 경찰을 불렀다.

"증거가 있군요."

"증거요?"

"네."

경찰은 다가와서 그걸 확인했고 벽에 걸린 작은 공간에 놓여 있는 주사기와 앰플을 발견했다.

"이건?"

"강력한 신경안정제입니다. 이걸 맞으면 사람은 저항도 못 하지요. 마약류로 분류되어 의사가 아니면 처방도 못 하게 되어 있습니다."

"얼씨구?"

이런 물건이 119도 아닌 129에 있을 리 없다. 더군다나 이건 의사의 결정에 따라 사용하는 물건. 그러나 여기에는 의사가 없다. 그렇다면 목적은 단 하나.

"마약 사범이셨구만."

마약이라고 하면 보통 헤로인이나 대마류를 생각하지만 이런 물건도 마약류 관리에 관한 법률에 따라 마약으로 분류되니 그걸 어긴 저들은 당연히 마약 사범이 된다.

"아주 증거가 넘치네, 개새끼들."

경찰은 혀를 끌끌 차면서 발악하는 그들을 경찰차에 태웠다. 그리고 잠시 후 렉카 한 대가 오더니 구급차마저도 끌고 갔다.

"진짜로 왔군."

신명태는 씁쓸한 얼굴이 되었다. 자신을 납치했던 그 녀석들이 진짜로 다시 올 거라는 이야기를 듣기는 했지만 두 눈으로 확인하게 되자 무척이나 슬퍼졌다.

"그래도 이번에는 안 잡혀가셨잖습니까?"

잡혔다면 나중에 짜고 가족들의 부탁을 받아서 옮긴 거라고 주장할 수도 있겠지만, 지금 저들은 무단으로 남의 집에 들어가 강력한 진정제를 의사의 진단서도 없이 사용하여 그를 기절시킨 후에 끌고 가려고 했다.

법률에서는 이런 인간들을 납치범이라고 부른다.

"저들도 벌을 받아야지요. 자기 돈을 위해서 멀쩡한 사람을 납치하는 건 나쁜 짓인 거, 저들이 모를 것 같습니까?"

"그렇기는 하지."

"범죄는 결국 자기가 책임지는 겁니다. 남이 시켰다고 합리화되는 게 아니구요."

"그런데 진짜로 올 거라고는 생각을 못 했네, 솔직히."

"계좌를 동결하셨으니까요."

아무리 아들들이 그동안 돈을 빼돌렸다고 하더라도 그게 쉬울 리가 없다.

당장 신명태가 정신병원에 있다고 하지만 그래도 그의 전 재산을 아들 명의로 넘겨주는 은행이나 거래처가 있을 리 없으니 그들이 받을 수 있는 거라고는 기껏해야 임대한 건물의 수익료 정도.

그것만 해도 적은 게 아니지만 말이다.

"이제 어쩔 건가?"

"어쩌긴요. 범죄자들을 족쳐 봐야지요."

노형진은 경찰에게 부탁해서 그들의 조사에 동석할 수 있었다. 피해자의 대리 변호사로서 발언권은 없지만 말이다.

그리고 그들의 이야기를 들으면서 혀를 끌끌 찼다.

'미쳤구만.'

세 명 다 전과를 단 전과범이었다. 두 명은 폭행, 한 명은 강도. 그들은 교도소에서 나와서 먹고살 길이 막막해지자 납치로 방향을 돌린 것이다.

가족들의 부탁을 받고 납치하는 행동은 뒤끝도 거의 남지 않기에 걱정이 없었다. 오늘까지는 말이다.

"진짜라니까요! 전 아들이라는 작자한테서 부탁받고 그런 거예요."

"그래서?"

"억울하다고요. 우리는 합법적으로……."

"지랄. 언제부터 돈 받고 사람 납치하는 게 합법적이었냐?"

"아니, 우리는 법정대리인이라는 사람한테서 부탁받은 것뿐입니다."

"그러니까 진단서는 어디 있냐고."

아무리 말해도 풀려날 수 없는 상황. 그들은 때늦은 후회를 하고 있었지만 이제는 방법이 없었다.

"변호사님, 이 새끼들을 어떻게 할 거예요?"

"일단은…… 집어넣고 민사로 가야지요."

"제발…… 제발 변호사님, 한 번만 봐주세요."

당장 지금 걸린 것만 해도 족히 10년은 감옥에 가야 하는 범죄다. 그런 상황에서 민사까지 걸려 버리면 죽으라는 소리다.

"아, 내 알 바 아니죠."

"잘못했습니다. 변호사님께서 시키는 대로 다 할 겁니다. 진짜로 다 하겠습니다."

"흐음!"

노형진은 잠시 고민하는 듯하더니 미소를 지었다.

"그럼 이건 어때요? 제가 조건을 하나 달죠."

"어떤……."

"당신들이 납치, 아니 이송한 사람들에 대한 정보를 주는 것."

"헉!"

그 말에 눈이 커지는 세 사람. 그도 그럴 것이, 그걸 공개하면 못해도 1백 명은 넘기 때문이다.

"그걸 공개하시고 명단을 넘기세요. 그러면 민사는 모른 척해 드리지요."

"그럴 리가……."

"하지만 그럼……."

그건 명백하게 자신들이 납치했다는 증명을 하는 셈이다.

1백 명이 넘는 납치라면 아무리 의뢰를 받고 하는 것이었다 할지라도 30년은 감옥에서 살아야 한다.

"대신에 우리가 그분들을 꺼내 드리겠습니다. 그리고 설득해서 민사소송은 하지 않도록 하지요."

"하지면 형사가……."

"그 정도 각오도 안 하고 납치하셨습니까?"

애초에 남에게 해를 끼치려면 그 행동에 대한 반작용은 자신이 각오해야 하는 법이다. 우리나라 범인들은 나라가 너무 무르게 처벌하는 바람에 그걸 망각하고 있다.

"어쩌실 건가요?"

"……."

그걸 듣고 있던 경찰은 대장으로 보이던 운전수의 뒤통수를 팍 쳤다.

"나 같으면 말하겠다, 이 새끼들아."

"우우우……."

여전히 주저하는 세 사람. 노형진은 그들에게 마지막 기회를 주기로 했다.

"어차피 당신들의 계좌는 수색될 겁니다. 그때마다 받은 돈이 있을 테니 분명히 누가 언제 어떻게 납치되었는지 다 나오겠지요. 어차피 이제 당신들의 범죄는 감출 수 없는 것이 된 겁니다."

"……."

"하지만 당신들이 명단을 넘긴다면 제가 최대한 편의를 봐 주겠습니다. 피해자들을 꺼내 주고 그들에게 부탁해서 탄원 서도 써 볼 수 있겠지요. 자발적인 증언도 하신다면 생각보 다 형량이 적게 나올 수도 있겠구요."

"하지만……."

"물론 버티는 것도 방법입니다. 하지만 그렇게 된다면 나 온 사람들에게 처벌을 강하게 해 달라는 탄원서와 막대한 민 사소송을 당하게 될 겁니다."

그 말에 그들은 고개를 푹 숙였다. 아무리 봐도 벗어날 길 은 보이지 않았던 것이다.

"네……."

"잘 생각하셨습니다."

⚖

"끝내주는군."

그렇게 노형진이 얻은 명단과 증언, 증거를 가지고 경찰은 부라부랴 각 병원으로 향해 피해자들과 만남을 가졌다. 그리 고 새론의 변호사들은 그들을 따라서 전국으로 퍼져 갔다.

그들은 그곳에서 바로 위임장을 써 줬는데 그 총액이 무려 300억이 넘었다.

"1년 치 총수입을 한 방에 버네."

그동안 자잘한 사건들로 박리다매해서 돈을 벌던 송정한은 고작 1백 명가량에게서 나온 확정 수익에 입이 찢어지게 웃었다.

"이래서 대형 로펌들이 부자를 잡으려고 하는 거죠."

"알 것 같아."

일반 사건은 한 명당 대략 300만 원.

만일 그들로 300억을 벌려면 1만 명의 사건을 해결해야 한다. 그런데 부자들은 꺼내 준다는 말에 너도 나도 3억이나 되는 금액을 약속했다.

물론 나온 후 그들을 보호하기 위한 친자 관계 부존재 소송이나 이혼소송 등은 별도로 말이다.

"이건 이제 시작입니다."

한 뭉텅이의 서류를 들고 오는 고문학. 그는 몇 가지 서류들을 꺼내서 송정한과 노형진에게 내밀었다.

"정보 라인을 총동원해서 이런 식으로 실종된 사람들을 찾아보고 있습니다만, 못해도 1천 명은 넘는 것 같더군요."

"천 명?"

"네, 전국적으로는 만 단위가 넘을 거라 생각합니다. 물론 그들 모두가 3억씩 내놓을 정도로 갑부는 아닙니다만, 못해도 1억은 내놓을 수 있을 정도의 부자들입니다."

"헐."

송정한은 상상도 못 한 수치에 혀를 내둘렀다.

"아마 억이 아닌 천 단위로 내려가게 되면 그 수가 더 늘어날걸요?"

패륜아들은 널리고 널렸다. 지금 자신들이 찾는 사람들은 못해도 빌딩 한 채 가지고 있는 사람들을 기준으로 하는 것이니 그 정도까지는 아니지만 그래도 들어오는 월세로 먹고 살 만하다가 끌려간 사람까지 합한다면 그 숫자가 어마어마해질 것이다.

"도대체 왜? 다른 로펌들은 이런 걸 모르는 거야?"

"모르지는 않지요. 하지만 힘들잖습니까?"

"힘들다니?"

"정신병원에 있는 사람을 찾아서 꺼내 주고 계약하는 것보다 그들을 정신병원에 넣어 버린 사람과 계약하는 게 훨씬 편하고 빠르지요."

그 말에 송정한은 잠시 생각하다가 고개를 끄덕거렸다. 일단 찾는 것에도 돈이 들고 그들을 만나는 것도 힘들며 그들을 꺼내는 방법도 노형진이 알아내기 전까지는 마땅한 방법이 없었다.

"그래서 자네가 오자마자 정보 라인을 만들라고 그렇게 난리를 쳤던 거구만."

다른 로펌들은 새론처럼 정규화된 정보 라인이 없다. 보통 실장, 또는 사무장이라고 하는 사람들의 인맥 라인이 그 기능을 하기 때문인데, 그러다 보니 이런 범죄 관련 정보는 늦을 수밖에 없다.

"더군다나 그렇게 한번 꺼내 주면 아무래도 충성도가 남다를 겁니다. 그쪽에서 무슨 일이 일어나면 가장 먼저 우리를 찾겠지요."

"그렇겠지."

그러면 단순히 몇백억이 아니라 수천억이 될 수도 있는 것이다. 그럴 수밖에 없다. 정신병원에 들어가 있는 동안 벌어진 그 모든 거래를 무효화시키기 위한 소송이 진행될 테니까.

"그런 의미에서 노형진 자네가 또 중요해지는군. 그래, 소송 준비는 어떻게 되어 가나?"

이 모든 게 완성되기 위해서는 친자 관계 부존재 소송에서 승리해야 한다. 그래야 자칭 보호자라는 인간들이 부모를 다시 정신병원에 넣지 못하게 된다.

"일단 증인들은 모두 준비되었습니다. 다른 사람들도 준비되었구요."

"그 녀석들은 어떻게 나올까?"

"아마 미쳐 날뛰겠지요."

"음……."

송정한은 불안한 눈으로 회의실 바깥을 바라보았다. 지난번 사건 이후 입구에 무려 세 개나 되는 소화기를 배치하고 심지어 보안 버튼을 만들어서 경찰서와 연결해 놓기까지 했다.

"설마…… 그런 일이……."

"벌어질 겁니다, 분명히."

부자로 살아온 놈들이다. 그리고 부모와 가족들을 정신병원에 가둬 버리고 돈을 막 쓰려고 할 정도로 정신 나간 놈들이다.

과연 땡전 한 푼 없이 길바닥으로 나갈 수밖에 없게 되었을 때 그들이 무슨 짓을 할지는 하늘만 알 것이다. 그들은 너무나 극단적이기 때문이다.

"부도덕한 부자 2세들에게 상식이 있을 거라고 생각하지 마십시오."

"자네도 부자잖나?"

"원래는 아니었지요."

그나마 자수성가한 사람은 최소한의 상식을 가지고 있기 마련이다. 그래서 뒤에서 호박씨를 깐다고 해도 대놓고 막 나가지는 않는다. 문제는 그 부를 물려받는 2세대부터다.

일부 그렇지 않은 부자 2세도 있겠지만, 대부분의 2세들은 원래부터 부자다 보니 자신을 제외한 모든 사람들이 하층민으로 보이는 것이다.

"분명 와서 깽판 치는 놈들 있습니다. 그래서 미리 준비해 둔 거 아닙니까?"

"거참……."

"하이 리크스 하이 리턴이라고 하잖습니까?"

"지금 쓸 말은 아닌 듯하네만."

어찌 되었건 안전을 확보하는 건 나쁜 건 아닌 듯했다. 최소한 미친놈들은 제어할 수는 있어야 하니까.

"그럼 하지 말까요?"

노형진이 농담 삼아 말하자 송정한은 농담으로 답했다.

"싫은데? 껄껄껄."

후레자식

　신성현은 입안이 바짝바짝 타고 있었다. 아버지를 납치하라고 보낸 녀석들이 잡혀간 데다가 친자 관계 부존재 소송이 바로 코앞으로 닥쳐왔기 때문이다.

　"형, 어쩌지? 지금이라도 가서 빌까?"

　"미쳤어! 그런다고 우리를 봐주겠어?"

　겁이 많은 신성민은 와들와들 떨고 있었다. 툭하면 욱하는 듯한 모습을 보이는 그였지만 실상은 워낙 겁이 많아서 미리 선수를 치는 게 그의 본모습이었던 것이다.

　"젠장."

　그는 이를 악물었다. 이대로라면 돈 한 푼 받지 못하고 쫓겨난다. 아니, 돈을 받지 못하는 게 아니라 감옥에 가서 엄청난 손해배상을 해 줘야 한다.

가장 큰 문제는 유산상속에서 제외된다는 것이다.

"어떻게 해서든 방법을 찾아야 하는데."

"무슨 수로?"

"기다려 봐…… 내가 방법을 찾아볼 테니."

그렇게 말하는 그의 눈에서는 광기가 빛나고 있었다.

"내가 이대로 쉽게 물러날 줄 알아?"

그는 그렇게 독하게 마음을 먹었다.

⚖

"괜찮으시겠습니까?"

"부탁하네."

신명태를 보면서 노형진은 걱정스럽게 말했다.

"안 나가셔도 되는데요."

"어찌 되었건 자식 아닌가? 지금이라도 용서를 빈다면 이쯤에서 용서해 주고 싶다네."

"쩝."

부모 자식의 관계는 하늘이 맺어 준다고 한다. 그래서 그런지 신명태는 최후의 순간까지 그들이 반성하고 용서를 빌기를 기대하고 있었다. 그래서 오늘 재판에 함께 가겠다고 우기고 있는 것이다.

"그렇게 말씀하신다면야……."

물론 노형진은 그들이 빌지 않을 거라는 걸 알고 있다. 그럴 놈들이면 애초에 벌써 와서 빌었다.

"하지만 영 불안하네요."

"뭐가 말인가?"

"너무 조용해서요."

분명 저들도 이번 싸움이 불리하다는 것을 알고 있다. 그런데도 불구하고 아직까지 반응이 없다.

"그게 나쁜 건가?"

"나쁜 거죠. 아주 나쁜 겁니다."

어떤 사건이든 일단 소장이 들어가면 어떤 식으로든 반응하기 마련이다. 하물며 이번에는 납치과 감금까지 포함된 강력 범죄에 들어간다. 그런데 반응이 없다는 건 있을 수 없는 일.

"일단은 그렇게 원하시니 재판에 참가하셔도 됩니다. 하지만 안전을 위해 한 가지 조치를 취해야 할 것 같습니다."

"조치?"

"네."

⚖️

"피고들은 신명태의 아들들로 그 보호 자격이 있는 자들입니다. 하나 피고들은 이 점을 악용하여 정상인인 신명태를 정신병자로 몰아 정신병원에 넣은 후 그 재산을 착복하였습니다. 이는 정상적인 친자 관계가 더 이상 존재하지 않는다고 봐야 할 것이며……."

노형진은 말하면서 힐끗 신성현을 바라보았다.

'뭔가 있어.'

분명 이번 재판에서 진다면 무슨 일이 벌어질지 알고 있는 그다. 그럼에도 불구하고 그는 어쩐 일인지 느긋한 표정으로 이쪽으로 바라보고 있었다. 도리어 그 옆에 앉아 있는 신성민이 불안감을 감추지 못한 채로 이리저리 눈치를 보고 있었다.

'이런 경우는 둘 중 하나지.'

바로 신성현은 잘될 거라 생각해서 아무 생각이 없는 거고 신성현이 신성민 몰래 뭔가를 준비해 놓은 경우.

하지만 그런 거라면 신성민이 신성현의 눈치를 볼 이유가 없다. 게다가 신성민은 그럴 위인이 아니었다.

윽박지르면서 거친 것처럼 행동하기는 하지만, 노형진의 경험상 속된 말로 짖는 개는 물지 않는다.

필요 이상으로 공격적으로 대응하는 작자들은 대부분 용기가 없고 겁이 많아 방어 차원에서 미리 공격적으로 나서기 때문이다.

'하지만 저 인간은 아니야.'

진짜 위험한 인간들은 신성현같이 조용히 있으면서 뒤에서 칼을 가는 인간들이다. 그런 놈들은 조용히 있다가 결정적인 순간에 칼을 빼 들고 찌른다.

'아마 이번 사건도 저 녀석의 작품일 텐데.'

노형진이 봤을 때 정신병원에 넣는 일도 신성현이 주도했을 가능성이 높다.

"원고 변호인! 할 말 없습니까?"

"네? 아, 아닙니다."

생각이 깊었던 것인지 노형진은 판사의 말에 깜짝 놀라서면서 말을 꺼냈다.

"피고 측의 주장은 이번 사건과 범죄에 전혀 관계가 없다고 주장하고 있습니다. 하지만 이미 관련 범죄를 저질러 구속된 범죄자 집단이 지난번 사건 역시 피고들의 사주로 벌어진 일이라 자백했습니다."

"재판장님! 원고 측의 주장은 억지입니다. 현재 원고가 정신적으로 안정을 찾고 있다고 하지만, 그건 지난 1년 6개월간의 정신병으로 인한 진료 덕분에 가능해진 것이지, 저들의 주장처럼 원래 멀쩡했던 것은 아닙니다."

"정신병은 일반적인 세균성 질환과는 다릅니다. 한번 발병하면 실질적으로 완치될 수 없습니다. 즉, 피고 측의 주장대로 정신병이 발병한 것이라면 약을 완전히 끊어 버린 현재 어떠한 형태로든 그 증상이 다시 발현되었어야 하나, 원고는 보다시피 멀쩡한 모습을 보여 주고 있습니다. 이는 단순히 겉보기만 그런 게 아니라 대학 병원에서 정식으로 진단받아서 나타난 결과입니다. 그 증명을 위해서 진단서를 제출합니다."

"그건 정신병원에 입원한 상태에서 나온 직후인 약의 효과가 여전히 존재하고 있을 때 이루어진 검사입니다. 그러므로 약을 끊어 버릴 합당한 이유가 되지는 않는다고 생각합니다."

상대방 변호사도 상당한 금액을 받았는지 제법 잘 방어하고 있었다. 그러나 노형진은 그가 제출한 서류를 보다가 피식 웃음이 나왔다. 아니나 다를까, 그가 그 자신도 모르게 실수했기 때문이다.

"재판장님, 이 진단서에는 치명적인 오류가 있습니다."

"오류? 어떤 오류가 있다는 것이지요?"

판사는 의사가 아니다. 당연히 진단서 내부에 있는 오류를 잡아내지 못한다. 하지만 노형진은 미리 관련 약품과 증상 처리법에 대해서 공부했기에 자세하게 문제가 있다는 건 알 수 없어도 이게 맞지 않는다는 것 정도는 알 수 있었다.

"이를 확인하기 위하여 백제대학교 정신의학과 교수님인 남궁소영 교수님을 증인으로 신청합니다."

"인정합니다."

미리 대기하고 있던 그녀는 천천히 단상으로 올라왔다. 이제는 반백이 올라오는 곱게 늙은 듯한 그녀는 그 나이에 맞지 않는 당당한 걸음으로 증인 선서를 하고는 자리에 앉았다.

"증인은 누구입니까?"

"남궁소영이라고 합니다. 현재 백제대학교 정신의학과 교수를 담당하고 있습니다."

"그럼 이 사건에 대해서 관련이 있습니까?"

"없습니다. 조언자의 입장으로 증언을 부탁받았을 뿐, 사전에 사건에 대한 어떠한 정보도 접한 적이 없습니다."

"좋습니다. 그럼 이 진단서의 오류가 무엇인지 바로 말씀해 주실 수 있습니까?"

그걸 받아 든 남궁소영은 찬찬히 읽은 뒤 그걸 다시 내려놨다.

"그걸 본 소감이 어떻습니까?"

"여러 군데에서 오류가 드러납니다."

"설명 부탁드립니다."

그 말에 그걸 보고 다시 확인한 그녀는 천천히 오류를 잡아내기 시작했다.

"첫째, 시간입니다. 분명 진단서 내부에는 최초 입원 시간이 22시 10분이라고 되어 있습니다. 그런데 진단 시간은 다음 날 아침 10시로 되어 있습니다."

"그게 뭐가 잘못되었다는 건가요?"

"일단 정신병원은 이 시간에 검사하지 않습니다. 검사는 전문적으로 검사하는 담당자가 따로 있기 마련입니다. 의사는 그것을 보고 판단할 뿐입니다. 그런데 이 기록을 보면 검사가 가능한 시간이 아닙니다."

"그, 그건…… 응급 환자다 보니……. 야근할 수 있는 것 아닙니까?"

신성현 측 변호사는 애써 변명했다.

"일단 근무 시간표를 제가 알지 못하니 그건 그렇다고 할 수 있지만 두 번째 오류는 분석에 있습니다. 이 진단서에 따르면 피해자는 강력한 자살 충동 및 타인에 대한 공격성을 보여서 입원하였다고 되어 있는데, 이 두 가지 충동이 동시에 존재하는 경우는 무척이나 드뭅니다."

"드물다는 건 존재한다는 뜻입니다."

상대방은 처음에는 생각보다 쉽게 방어했다. 확실히 어려운 문제는 아니으니까. 하지만 다음 말이 나오자 아무런 말도 하지 못했다.

"세 번째 오류가 있습니다만, 이게 가장 큰 문제입니다. 이 진단서에 따르면 22시 10분에 입원하였으며 지속적인 상해 시도로 인해서 클로르프로마진 600밀리그램을 처방하였다고 되어 있습니다. 그런데 클로르프로마진을 쓴다면 도파민에 강력한 영향을 주게 되고 실질적으로 강력한 진정 작용이 발생하며……."

"네?"

무슨 뜻인지 이해하지 못한 피고 측의 변호사가 다시 물어보자 남궁소영은 말을 하다가 그를 바라보고는 천천히 쉽게 설명해 줬다.

"간단하게 말해서 여기에 표기된 심각한 자살 충동과 공격

성향에 쓰는 약이 아닐뿐더러 클로르프로마진을 600밀리그램이나 투약하였다면 절대 다음 날 이 시간에 정상적인 검사를 할 수 없다는 뜻입니다."

"헉!"

생각지도 못한 대답에 피고 측 변호사는 당혹스러워했다.

'보아하니 의료 사건은 처음이네.'

의료사고는 무척이나 복잡하다. 그럴 수밖에 없다. 의사가 변호사들의 모든 단어를 알아들을 수 없듯이 변호사 역시 의사들이 사용하는 단어를 전부 알 수 없기 때문이다.

근데 상대방은 그걸 생각하지 않고 나온 모양이다.

"그럼 어떤 일이 벌어지는지 말씀해 주시겠습니까?"

"전문적으로 말씀드리면 복잡해지니 여러분들이 알아들을 수 있게 표현하자면 영화나 드라마에 나오는 것처럼 입을 헤벌리고 침을 흘리는 상태가 됩니다. 당연히 외부의 자극이나 검사에 반응할 수가 없습니다."

"그럼 클로르프로마진은 보통 얼마 정도 처방합니까?"

"단순 진정용으로는 50에서 100밀리그램 정도 처방하고 치료 목적인 경우에는 200밀리그램 정도 처방합니다. 아주 특수한 경우가 아닌 이상 400밀리그램을 넘지 않습니다."

"막 입원한 환자가 극단적일 수도 있으니 쓸 수도 있지 않나요?"

"글쎄요. 자세한 결과가 나온 날짜가 다음 날인데 결과도 나오기 전에 이런 약을 쓰는 건 드물지요. 단순한 진정제라면 모를까요."

"그렇군요. 이상입니다."

약의 성분이나 효능에 대해서 전혀 예상하지 못한 상대방 변호사는 당황한 얼굴로 질문하기 위해서 나왔다.

"그럼 환자가 강력하게 저항하면 쓸 수도 있는 거 아닙니까?"

"맞습니다."

"그럼 당연히 그 정도는⋯⋯."

"근데 클로르프로마진을 썼다는 것 자체가 저항을 거의 하지 않았다는 뜻입니다."

"네?"

"이건 알약입니다. 상식적으로 사람에게 해를 끼칠 정도로 강력하게 저항하는 사람에게 알약을 먹인다는 건 불가능합니다. 이런 경우는 주사제조차도 여러 명이 달라붙어서 힘으로 찍어 누르고 놓습니다. 몸부림치면 주삿바늘이 부러지니까요."

"아⋯⋯."

애초에 약을 먹었다는 것 자체가 거의 저항하지 못했다는 뜻이다.

"이, 이상입니다."

변호사는 이리저리 공격할 방법을 알아보려고 했지만 결국 방법이 보이지 않았는지 힘없이 자리로 돌아갔다.

"증인, 내려가도 좋습니다."

증인이 내려가자 노형진은 바로 공격을 시작했다.

"보다시피 원고 신명태는 그가 지극히 멀쩡한 상태에서 주변에 피해나 분쟁 없이 강제적으로 입원했습니다. 만일 피고 측이 주장하는 대로 자해나 타인에 대한 공격이 있었다면 피고에게 자해의 흔적이나 공격당했다는 다른 사람이 있어야 하는데, 피고 측은 그러한 증거를 내놓지 못하고 있습니다."

"그거야…… 진료를 받아서 상처가 사라져서입니다."

"진료받았다면 당연히 그 기록이 남아 있을 거 아닌가요? 그리고 공격받았다면 그 사람이 어디에 간 것이 아닌 이상 분명 주변에 있을 텐데요?"

"흠…… 피고 측, 그런 관련 증거가 있나요? 있으면 제출하십시오."

"네……."

피고 측 변호사는 '네.'라고 대답하기는 했지만 그 목소리에는 힘이 없었다. 그럴 수밖에 없는 게, 그런 게 있을 리 없기 때문이다.

"애초에 그런 행위 자체가 없다는 상황에서 어떠한 진단이나 검사도 없이 단순히 가족과 명확하지 않은 의사의 진단으로 강제 입원이 결정되었다는 것은 말도 안 되는 행위입니다. 또한 갑제 4호증과 같이 피고들은 원고가 입원한 상황에서 무단으로 재산을 사용하고 일부 재산은 자신의 명의로 돌리기 위한 시도를 하기까지 했습니다."

"그건 재산 보호 차원에서……."

"재산을 보호하는 것과 본인 명의로 돌리는 것은 전혀 다른 문제 아닌가요? 애초에 정신병원에 입원한 상태에서 원고가 금전적 행동을 하지 못하는 상황에서 재산을 보호하기 위해서는 그냥 당사자의 명의로 보존하는 게 정상 아닙니까?"

"그, 그건……."

"그리고 그 정도 정신병을 가지고 있다면 지역에 신고하여 장애 등급을 받아 병원비를 일부 지원받을 수도 있었을 겁니다. 그러나 피고 측은 단 한 번도 그런 적이 없습니다."

정신병은 장애 등급을 확실히 받을 수 있는 지속형 질병 중 하나다. 당연히 그렇게 된다면 정부에서 일정 부분 의료비를 지원해 준다.

"몰랐습니다."

"그런 건 입원할 당시에 의사가 다 설명해 줍니다."

이리저리 방어해 보려 해도 꼼짝도 할 수가 없는 상황.

"더군다나 첫 번째 입원 당시에 그들을 이송했던 사람들은 현재 납치로 수사받고 있습니다. 그들은 돈을 받고 사람들을 납치하여 병원에 입원시켰음을 인정하였고 관련 증거 역시 제출하였습니다."

그들의 이야기가 나오자 더욱 당황하는 피고 측 변호인. 그러나 노형진은 그런 그의 행동보다 신성현의 행동이 더 이상했다.

'진짜 뭔가 있어.'

누가 봐도 자신이 이기고 있는 재판이다. 그렇다면 그가 어떤 식으로든 불안감을 보여야 한다. 그런데 그는 어떠한 불안감도 보이지 않고 있었다. 마치 모든 게 다 끝났다는 듯한 얼굴.

"다음 재판은 2주 뒤입니다."

노형진은 재판이 끝나자마자 재판정에서 나오는 그에게 다가갔다.

"참 뻔뻔하군요."

"뭐라고?"

한쪽 눈썹을 치켜 올리는 신성현.

"돈 받고 일하는 변호사 주제에 말을 막 하는군."

"당신이 주는 돈은 안 받았으니까요."

"그럼 내가 돈 주면 나한테 오겠다는 건가?"

"일단 이 재판에서 이기고 난 후에 생각하죠."

"그러니 고작 변호사 짓이나 하고 있지, 쯧쯧. 남자가 근성이라고는 없군."

아니나 다를까, 신성현은 철저하게 노형진을 무시하고 있었다.

'싸우는 사이에 손잡자고 할 수도 없고. 이거 참.'

뭔가를 꾸미고 있다는 걸 알겠는데 저쪽에 접근할 방법이 없었다. 그 순간 노형진의 눈에 들어온 것은 옆에서 슬슬 눈치를 보고 있는 신성민이었다.

'저 녀석이라면…….'

신성현의 눈치를 보는 걸 보니 아마도 그는 계획이 뭔지 알고 있을 것이다. 아주 대략적으로라도 말이다.

"뭐, 당신이야 그렇다고 치고. 당신은 창피하지도 않습니까?"

"뭐?"

"그 나이 먹고 형의 바지나 붙잡고 졸졸 따라다는 거 말입니다. 나 같으면 창피해서 고개도 못 들 것 같은데."

"뭐라고? 이 새끼가."

아니나 다를까, 신성민은 발끈하면서 노형진의 멱살을 잡았다.

"말 다 했어?"

"아니요."

"이 새끼가 진짜, 뒈지려고!"

노형진을 패기 위해서 손을 드는 신성민. 그러나 신성현은 그런 그의 손을 잡았다.

"성민아, 그만해라."

"네?"

"그만하라고 했다."

"네……."

그의 말에 바로 꼬리를 말고 주먹을 내리고 고개를 푹 숙이는 신성민.

"그렇게 도발한다 해도 너희들이 지는 게 바뀌진 않는다."

"진다고요?"

"그래, 너희들은 절대 이기지 못해, 후후후후. 가자, 성민아."

신성민을 데리고 가 버리는 신성현. 노형진은 그를 보다가 신명태를 바라보았다.

"별로 좋은 상황은 아닌 것 같습니다."

"무슨 말인가?"

"그런 게 있습니다."

노형진은 걱정스럽게 중얼거렸다.

⚖️

"뭐? 전관?"

"네, 아마도 전관을 쓸 것 같습니다."

"이런 젠장, 급이 어느 정도인데?"

"아마도 대법원장급인 듯합니다."

"이런 염병."

전관. 통칭 전관예우라고 하는 것을 말한다.

명칭 자체에서 보다시피 전에 관리였던 사람에게 예의를 차린다는 것을 뜻하는 건데, 한국에서 이야기하는 전관예우는 단순한 예의 차리기가 아니라는 것이 문제다.

"대법원장이라니……."

한국에서의 전관예우 때문에 전화 한 통으로 재판 결과 자체가 뒤집혀 버린다. 오죽하면 대법원장 출신 전관을 쓰면 살인도 면한다는 말이 있을 정도다.

"그게 쉬운 일은 아닐 텐데."

"빼돌린 돈이 있으니 그 정도는 가능하겠지요."

일반적으로 대법원장 출신의 전관이 전화를 한번 해 주는 데에 들어가는 가격이 최하 3천만 원. 일반적인 사람들은 꿈도 꾸지 못할 정도로 비싼 가격이다. 그저 담당 판사에게 전화 한번 해 주는 게 말이다.

"그래서 그렇게 자신감이 넘쳤던 거군요."

무태식 변호사는 우울한 듯 중얼거렸다. 그 정도면 자신들이 뭘 하든 재판에서 진 것이나 다름없다.

"그 정도예요?"

이은영 변호사는 고개를 갸웃했다. 아직 변호사 초년생인 그녀는 전관이라는 것이 그렇게 강력한 힘을 발휘한다는 것 자체를 이해하지 못하고 있다.

"그런 게 현실입니다. 아무리 증거가 있어도 그걸 받아들이고 판단하는 건 결국 판사의 책임이니까요."

가령 이번 사건처럼 아들이라는 작자가 사건을 벌인 증거가 있다고 하더라도 판사는 그것과 직접적인 관련이 없다고 해 버리면 그만인 것이다.

"그걸 어떻게 막으려고요?"

"그건 쉽지 않죠, 솔직히."

상대방은 일단 전면으로 나서지 않는다. 그러니 싸울 수도, 항의할 수도 없다.

"전관을 막을 수 있는 방법을 찾아보고 있지만 쉽지 않지요."

미래에도 전관을 막겠다고 여러 가지 방법을 쓴다. 하지만 실질적으로 관련 사건의 수임을 막는 정도뿐이지, 그들이 돈을 받고 전화해 준다거나 제3자를 보내서 청탁하는 것까지는 막을 방법이 없다는 점에서 전관예우는 대한민국 법률계를 썩어 문드러지게 만드는 가장 큰 이유 중 하나다.

"대상이 누군지 압니까?"

"허규환이라고 하더군요."

"얼마 전에 대법관을 그만두고 나온 사람이군요."

"그렇겠지요. 가장 효과가 좋은 때가 딱 지금이니까요."

보통 전관의 효과가 가장 좋을 때가 나오고 나서 1년 정도 이내이다. 1년 후에는 다른 전관이 나오기 때문이다. 즉, 지금이 딱 효과가 좋을 시기.

"어쩔까요?"

"그냥 두면 전화 한 통으로 재판이 뒤집힐 텐데."

노형진은 곰곰이 생각에 빠졌다. 실질적으로 그가 전화하는 걸 막는 건 불가능하다.

"방법은 하나뿐입니다."

"어떤?"

"전관하기 전에 그걸 막아야지요."

"그게 가능해?"

"약간의 편법을 쓴다면 가능합니다."

"약간의 편법을 쓴다면 가능하다?"

"네."

노형진이 이야기하자 듣고 있던 변호사들의 얼굴이 새파랗게 변했다.

"그건 불법 아닌가?"

"불법이죠."

"그걸 하자고?"

"어차피 안 걸리면 그만 아닙니까?"

"그건 그렇지."

"그리고 애초에 저쪽에서 불법적으로 이기려고 덤비는데 이쪽에서 합법적으로 이기려고 하면 이기기가 힘듭니다."

"끄응……."

다들 작게 고민하는 눈치였다. 하지만 그것 말고는 방법이 보이지 않는 상황.

"근데 그게 그렇게 쉬운 일이야?"

"생각보단 어렵지 않습니다."

사람들은 보통 무선의 보안 상태가 좋다고 생각한다. 그런데 반만 맞고 반은 틀리다. 무선은 공중에서 전파를 잡기가 힘들 뿐이지, 장비만 있으면 잡을 수 있다.

언론에서는 핸드폰은 감청이 불가능하다고 말하고 있지만.

'그건 개소리지.'

벌써 핸드폰을 감시하는 장비가 개발된 상황이다.

그에 반해 유선은 직접 선에 연결하지 않는다면 감청이 불가능하다. 게다가 그 선을 찾는 건 쉬운 일이 아니다.

"그걸 어떻게 찾으려고?"

"물어보면 되죠."

"물어봐?"

"네."

⚖

"전화선 점검하러 왔습니다."

허규환의 비서는 고개를 갸웃했다.

"전화선 점검요?"

"네, 전화가 잘되지 않는다고 신고가 들어왔는데요?"

"잘되던데요?"

"그럴 리가요? 여기가 허규환 법무법인 아닌가요?"

"맞습니다."

"분명 여기서 신고가 들어왔는데요, 회선 중 하나가 잘 안된다고."

비서는 그 말에 일단은 고개를 끄덕거렸다. 여기는 직원이 많다. 자신이 아닌 누군가가 신고했을 수도 있는 일이다.

"박스가 어디죠?"

"저 바깥에 있습니다."

"알겠습니다."

전화국의 직원은 그걸 열어 보고는 고개를 갸웃했다.

"멀쩡한데?"

"이상한 게 없어요?"

"네, 일단 테스트 좀 해 보시겠습니까?"

"그러지요."

그의 말대로 직원들은 모두 한 명씩 회선 점검을 했지만 전화가 잘되지 않는 곳은 없었다.

"모두 잘되는데요?"

"이상하네요."

"누가 장난친 건가?"

"끄응…… 바빠 죽겠는데."

세상에 장난 전화를 거는 놈들은 많다. 119나 112에 전화하는 놈들도 있지만 전화국에 하는 놈들도 많다.

119나 112는 긴급 출동을 하기에 자주 하다가 걸리면 처벌받지만 전화국은 긴급 출동을 하지 않아 처벌이 약하기 때문이다.

"알겠습니다. 그럼 수고하세요."

전화국 직원은 한두 번 겪어 본 게 아닌 듯 능숙하게 바깥으로 나갔고 직원들 역시 별일 아니라는 듯 다시 일에 집중하기 시작했다.

그렇게 건물을 나온 직원은 오토바이를 타고는 코너를 돌았다. 그리고 구석에 있는 봉고 차에 그 오토바이를 올렸다.

"확실하게 했습니까?"

"네, 그런데 의외군요. 보통은 이런 거 잘 모르는데."

미소를 지으면서 손을 내미는 남자. 노형진이 그의 손에 두둑한 지폐를 올려놓자 그 남자의 눈에서는 빛이 번뜩거리기 시작했다.

"뭐, 그쪽 바닥의 룰이 있듯이 이쪽에도 룰이 있지요."

"후후후."

그는 소위 말하는 기술자였다. 감청 전문가라고도 한다. 회선을 중간에서 빼돌려 달라는 노형진의 부탁에 따라 그는 직원으로 분장해서 그 안으로 들어갔다. 어차피 한두 번 해 보는 게 아니라서 장비는 다 가지고 있으니까.

"그다음은 아시겠죠?"

"네."

며칠 후 이쪽에서 다시 연락하면 그가 돌아가서 회선을 정상으로 되돌리면 된다. 그러면 누구도 이 전화 회선이 중간에 빼돌려진 거라는 사실을 모를 것이다.

"우리는 본 적이 없는 겁니다."

"그쪽이 누군지도 모르는데요, 후후후."

하긴 누군지도 모를 것이다. 그저 부탁이 들어왔고 그들은 그에 맞게 움직인 것뿐이다.

"나중에 뵙도록 하죠."

노형진은 조용히 차에서 내렸고 차량은 저 멀리 떠나갔다.

며칠 후 노형진은 피곤한 눈으로 전화기를 바라보고 있었다.

"슬슬 전화가 올 때가 되었는데?"

특수한 프로그램을 통해서 특정 전화번호가 입력되면 자신에게 연결되도록 만들어 둔 전화기다. 당연히 재판이 얼마 남지 않은 상황에서 전화가 올 때가 되었는데 울리는 게 없었다.

따르릉.

그 순간 책상에 있던 전화기가 울리자 노형진의 눈이 번쩍 빛났다.

"왔다."

노형진은 침을 꿀꺽 삼키고 그 전화기가 좀 더 울리기를 기다리다가 전화를 받았다. 그러고는 호출 번호를 눌러서 송정한에게 미리 신호를 줬다.

철컥.

전화기를 받은 노형진은 조심스럽게 너머의 목소리를 확

인했다.

"네, 민사 22과입니다."

"나 허규환 변호사요. 전에 대법원에 있던 사람인데 거기 담당 판사 있소?"

"잠시만요. 전화 돌려 드리겠습니다."

다짜고짜 말하는 그였다. 분명 담당 판사의 이름도 모르고 있다는 뜻이리라. 사실 그래도 될 만큼 입김이 강했다. 실질적으로 그의 전화 한 통이면 어느 판사든 그의 커리어는 끝장이니까.

"전화 바꿨습니다."

전환 버튼을 누르자 너머에서 들리는 송정한의 목소리.

"나 대법원 판사였던 허규환이오. 내 부탁이 있는데."

허규환의 부탁은 말이 부탁이지, 거의 통지에 가까웠다. 사건 번호를 불러 주고, 아는 사람인데 사건 잘 부탁한다는 말 한마디면 끝이었다.

"네."

송정한은 천연덕스럽게 대꾸했고 잠시 후 전화가 끊어졌다. 노형진은 전화가 끊어지자마자 그에게 달려갔다.

"속았을까?"

"속았을 겁니다."

정상적으로 전화를 걸었고 정상적으로 청탁이 들었다. 물론 그 청탁을 받은 사람은 판사가 아니라 이쪽이지만.

"거참…… 대단하군. 자네는 어떻게 이런 걸 아는 건가?"

"하하하."

미국에서는 이런 일이 흔하다.

물론 변호사가 흔히 범죄를 저지르지는 않지만 이런 식으로 하는 소위 말하는 전문적인 업자가 많았기 때문에 이런 감청 사건이 흔하게 벌어졌다.

물론 한국도 있다. 다만 정부에서 모른 척할 뿐.

"그나저나 이거 신고하면 어쩌지?"

"저쪽도 신고는 못 합니다."

어차피 청탁도 불법이다. 설령 신고한다 해도 그건 그가 청탁했다는 걸 인정하는 셈이니 그걸 증거로 삼아 다시 항소하면 그만이다.

"일단은 큰 고민 하나는 덜었네요."

"기분이 좋지 않군."

어찌 되었건 변호사다.

그런데 불법적인 방법을 통해서 사건을 진행한다는 게 송정한은 영 마음이 찜찜한 모양이었다.

"송 대표님, 전에도 말씀드렸다시피 변호사를 그냥 판사들 앞에서 말을 잘하는 존재가 아닌 개인적으로 움직이는 사법 단체처럼 생각하셔야 합니다. 물론 청계처럼 이득을 위해서 범죄를 구성해 주는 것은 못할 일이지만 저쪽이 불법적인 방식으로 승리를 빼앗으려고 할 때 합법만 주장하다가 승리를 빼앗길 수는 없습니다. 최소한 저쪽에서 불법적으로 대응한다면 그에 대응하는 방식이 불법인 것도 어느 정도는 감안해야 합니다."

"그거야 그렇지만……."

아직까지 미국식 개념이 아닌 한국식 개념을 가지고 있으며 또한 법을 지키는 사람이라는 생각을 가진 송정한에게는 어려운 마음가짐이었다.

"뭐, 그게 쉽게 될 리가 있나요. 그렇지만 생각해 보면 쉽습니다. 어차피 불법적인 것을 눈감는 건 변호사의 책임 아닙니까?"

"그건 그렇지."

변호사는 변론 중에 알게 된 불법행위에 대해서는 비밀의 의무가 있다. 가령 변론하다가 그가 연쇄살인범이라고 해도 신고하지 않아도 되는 것이다.

"그럼 이제 재판이 끝나기를 기다리면 끝인가?"

"그래도 되지만 그래도 복수를 좀 해야 하지 않겠습니까?"

"복수?"

"솔직히 좀 싸가지 없잖습니까?"

아무리 돈이 좋다지만 자기 부모를 정신병원에 넣어 버리는 패륜아다. 살짝 사심을 넣어 보는 것도 나쁘지 않은 것 같았다.

"그래서 어떻게 복수하려고?"

"글쎄요? 후후후."

노형진은 마지막 즐거움을 생각하면서 미소를 지었다.

⚖️

"개정합니다."

드디어 마지막 재판이 열렸다.

승리를 자신하고 있는 신성현과 신성민은 오늘도 당당하게 재판정으로 나왔고 신명태와 노형진 역시 재판정에서 그들을 만났다.

"오늘이 끝이군."

"그렇군요."

노형진을 마치 버러지 보듯이 바라보는 그들.

"지금이라도 용서를 빌면 내가 봐주도록 하지."

마치 다 이긴 것처럼 이야기하는 신성현을 보면서 노형진은 혀를 끌끌 찰 수밖에 없었다.

"그렇게 자신할 수 있을까?"

"그럼."

아마도 자신이 넣은 청탁이 확실하게 들어갔다고 생각하는 모양이다.

'멍청한 녀석.'

원래 청탁이라는 것은 페이스 대 페이스, 즉 얼굴을 보면서 하는 것이 정석이다. 그런데 전화로만 통지하듯이 했다는 것은 그쪽도 중요한 사건으로 보지 않고 있다는 뜻이다.

그런데 이긴 것처럼 이야기하고 있다니.

'진짜 들어갔다면 모르지만.'

진짜로 들어갔다면 분명 문제가 될 가능성이 높다. 하지만 그렇지 않다면 나중에 저들이 따진다고 한들 신경도 쓰지 않을 게 뻔했다.

"뭐, 결과를 보면 알겠지."

미소를 지으면서 들어가는 신성현.

"진짜 내 아들이지만 대책이 안 서는구만."

신명태는 그런 아들들을 보면서 고개를 흔들었다. 어려서부터 오냐오냐하면서 곱게 키운 것이 설마 이런 식으로 영향을 줄 거라고는 생각도 못 했다.

"원래 그런 겁니다. 자식에게 필요한 건 물고기가 아닌 물고기 잡는 법이라는 탈무드에서 나오는 이야기도 있습니다."

돈을 주면 잘 쓰기야 하지만 그것만 알 뿐, 버는 법은 모른다. 그 돈이 천년만년 갈지도 모르거니와 설사 간다고 해도 그걸 지키는 것은 결국 그들의 책임이다.

"부자가 3대를 못 간다는 말이 그냥 생긴 것은 아니니까요."

"끄응……."

1대와 2대는 전혀 다르다. 1대는 돈을 벌고 2대는 그걸 보고 배웠지만 3대는 그런 걸 전혀 모른다. 그래서 3대째에서 몰락하는 경우가 많다.

"그럼 어쩌란 말인가."

신명태는 걱정이 태산 같았다. 아무리 친자 관계 부존재 소송을 하고 있다고 하지만 자기 자식인 것은 확실하다.

"그 부분은 저희가 알아서 하겠습니다."

"자네들이?"

"네, 방법이 있습니다."

"흠……."

노형진의 말에 신명태는 고민스러운 얼굴이었다.

"어찌 되었건 이번만큼은 신 사장님이 물러나시면 안 됩니다. 자식이기 때문에 매를 아끼지 말아야 하는 법도 있는 거니까요."

"그거야 그렇지만……."

자식이 아무리 못났다고 해도 혈육인 건 부정할 수 없는 일. 천륜을 끊는다는 건 쉬운 일은 아니다.

"뭐, 기회가 없는 건 아니니까요."

어차피 이건 당사자가 다시 합의하면 복구되는 것이다. 결국 모든 것은 당사자, 즉 두 아들이 정신을 차리느냐에 달려 있다.

"그럼 끝을 내러 들어가 볼까요?"

⚖

"재판장님, 증인을 신청합니다. 이번에 납치 사건에 연루된 사건들의 범인입니다."

노형진의 공격은 거침없었다. 확실한 증인들과 넘치는 증거들이 사건을 명확하게 만들고 있었다.

그럼에도 불구하고 신성현의 얼굴에는 자신감이 넘쳐흐르고 있었다. 하긴 자신의 청탁이 엉뚱한 쪽으로 흘러갔다는 걸 모르고 있을 테니까.

하지만 그가 이상한 걸 느낀 것은 생각지도 못한 증인이 나올 때였다.

"그 당시 납치에 관여했던 정신과 의사를 증인으로 신청합니다."

"어?"

신성현은 생각지도 못한 증인의 등장에 당황했다. 일단 납치를 실행했던 인간들은 서로 얼굴을 본 것도 아니고 통화 자체도 대포폰으로 했기에 상황이 어떻든 딱 잡아뗄 수도 있다.

하지만 의사는 현장에서 만나서 부탁도 하고 따로 돈으로 주어 그럴 수가 없었다.

"인정합니다."

더군다나 그 증인을 인정하는 판사의 행동에서 신성현은 뭔가 잘못되었다는 사실을 알 수 있었다.

"재판장님!"

미리 언질을 들은 건지 그의 변호사 역시 깜짝 놀라서 벌떡 일어났다.

"무슨 일입니까?"

하지만 영문을 모르는 판사는 얼굴을 찌푸리면서 그를 바라보았다.

"이건…… 이야기가 다릅니다."

"무슨 이야기요?"

"그게……."

이런 확실한 증인은 절대로 받아들여서는 안 된다. 그래야 2심에서도 이길 수 있다. 그런데 가장 확실한 증인인 의사를 인정하다니.

"무슨 이야기를 말씀하시는 건가요?"

"아, 아닙니다."

여기서 말하면 자신들이 청탁을 넣었다는 걸 인정하는 꼴 밖에 안 되니 말을 할 수도 없다. 그런데 판사는 마치 모르는 척하고 있지 않은가?

"증인, 선서하세요."

의사는 피곤한 얼굴로 와서 손을 올리고 선서했다. 그러고는 의자에 앉아서 고개를 푹 숙였다.

그는 하얀 가운에 황토색의 수의를 입고 있었는데 이는 미결수, 즉 재판이 끝나지 않은 범죄자라는 뜻이다.

"피고는 직업이 뭐였습니까?"

"용인에 있는 ○○정신병원에서 의사로 있었습니다."

"그럼 현재 수사 중인 납치 및 감금 사건의 주요 피의자가 맞습니까?"

"맞습니다."

고개를 푹 숙이는 의사.

"납치 사건에서 피고가 하던 일은 뭐였습니까?"

"진단서를 허위로 작성하고 특정인을 강제로 입원시키는 것이었습니다."

"왜 그랬습니까?"

"그건 모릅니다. 저는 그냥 한 사건당 얼마의 돈을 받는 대신 진단서를 허위로 발급했을 뿐입니다."

그는 힘없이 말하고 있었다. 그가 가두어 둔 사람들 중에는 부자들이 많다. 반대로 말하면 권력과 아주 가까운 사람들이 많다는 뜻이다. 권력은 그들의 아버지 편이지, 그들을 감금한 아들의 편은 아니다 보니 스스로도 미래가 없다는 걸 알고는 포기한 듯했다.

"그럼 증인은 피고 측을 압니까?"

의사는 그 말에 고개를 푹 숙이더니 고개를 끄덕거렸다.

"대답하십시오. 압니까, 모릅니까?"

"압니다."

"어디서 만났지요?"

"진단서를 허위로 발급할 때 만났습니다."

"장소는요?"

"병원에서 만났습니다."

"거짓말!"

신성현은 벌떡 일어나서 소리를 질렀다. 당장 달려가서 의사의 입을 막고 싶었다. 하지만 의사는 모든 걸 포기한 채로 사실대로 말할 뿐이었다.

"그럼 그 피해자는 누구죠? 여기 있습니까?"

"원고입니다."

확정적인 발언이 나오자 피고 측은 허둥대기 시작했다. 지금까지와는 다른 완벽한 증언.

"관련 증거도 있습니까?"

"입원 동의서에 사인한 기록이 있습니다."

"아니야! 거짓말이야!"

발악적으로 외치는 신성현. 그리고 그를 보면서 허둥거리는 신성민.

"피고 측! 조용히 안 해요?"

"재판장님, 이건 이야기가 다르지 않습니까! 부탁하신 대로 하셔야지요!"

"부탁?"

그 말에 재판장의 얼굴이 일그러졌다.

"그게 무슨 말입니까? 부탁이라니? 난 부탁 같은 거 받은 적 없습니다."

"헉!"

"그 말은 지금 내가 로비를 받았다 이겁니까?"

이것이 법이다

"그, 그게 아니라……."

재판장은 어이가 없었다. 자신에게 로비했다니. 자신은 부탁받은 적이 없는데 말이다.

'뭔가 사고가 있다.'

사고라는 것은 로비 과정에서 일이 틀어지는 걸 말한다. 보통은 배달 사고라고 해서 돈을 나르는 사람이 가지고 도망가는 경우가 제일 많다.

어찌 되었건 그건 이제 중요한 일이 아니다.

"정회하겠습니다. 저는 결코 로비를 받은 적이 없습니다만 저쪽에서 뭔가를 시도한 이상 내가 재판을 진행할 수는 없겠군요. 재판장의 직권으로 재판 기피를 신청하겠습니다."

"재, 재판장님……."

피고 측 변호사는 사색이 되었다.

재판 기피라는 건 판사 스스로 자신에게 이 재판에 대한 의심을 받을 만한 사유가 있다고 판단될 때 물러나는 걸 말하는데, 문제는 그걸 한 판사는 자존심에 엄청나게 큰 타격을 입게 된다는 것이다.

이는 당연히 다음 재판에서 불리하게 적용된다. 한번 로비를 했던 인간이라 저쪽에서는 더욱 안 좋게 보는 경향이 생기기 때문이다.

"이, 이게 아닌데……."

판사가 화가 난 얼굴로 나가 버리자 웅성거리는 재판정.

그리고 당황하는 사람들.

"가시죠."

노형진은 신명태를 데리고 재판정 바깥으로 나왔다. 신명태는 생각지도 못한 상황에 얼떨결에 끌려 나왔다.

"어떻게 된 겁니까?"

"보다시피요. 자폭한 겁니다."

워낙 막 살다 보니 자신이 해야 할 말과 하지 말아야 할 말을 구분하지 못한 것이 실수였다. 판사에게 로비를 했다 해도 그걸 언급하는 것은 가장 바보 같은 짓이다.

"그럼 재판은……."

"취소되는 거죠."

"그럼 다음 재판은요?"

"다른 판사가 진행할 겁니다. 처음부터 말입니다."

"그런……."

노형진과 신명태가 이야기하는데 두 사람이 분노한 얼굴로 다가왔다.

"이 새끼야, 무슨 짓을 한 거야!"

"무슨 짓이라니?"

"무슨 짓을 한 거냐고!"

"난 아무 짓도 안 했는데 왜 이러시나?"

"뭐라고, 이 새끼가!"

"꺄악!"

신성현은 분노를 참지 못하고 노형진에게 주먹을 휘둘렀다. 주먹을 맞은 노형진은 바닥을 나뒹굴었고 그걸 본 법원의 경비들이 다가왔다. 누가 봐도 폭행의 현행범이었기 때문이다.

"이런 씹 쌔끼! 네가 이런다고 뭐가 바뀌는 줄 알아! 한번 어떻게 막았다고 다시 막을 수 있을 것 같냐고!"

단 한 번도 누군가에게 방해받지 않았던 그다. 그런데 이런 상황이 벌어지자 자신도 모르게 분노가 폭발한 것이다.

"아야야야."

노형진은 얼굴을 문지르면서 자리에서 일어났다.

"아주 확정해 주시는군그래."

"뭐라고?"

노형진은 피식 웃었다. 맞은 그가 도리어 웃는다는 사실에 신성현과 신성민은 어이가 없다는 얼굴이 되었다.

"여기가 법원이라 이거냐? 그래서 뭐 어쨌는데? 벌금을 내면 땡이야!"

맞는 말이다. 어차피 벌금이라는 것이 부자에게는 거의 효과가 없는 처벌이니 말이다. 하지만 노형진은 고작 벌금을 기대한 게 아니었다.

"어떻게 생각하십니까, 의사 선생님?"

"의사 선생님?"

무슨 말인가 하는 사이 방청석에 있던 한 남자가 천천히 다가왔다.

"심각한 소시오패스 성향을 보이고 있네요. 성격장애도 심각한 데다가 무차별적 공격성도 보이고 있고요. 사회 안전을 위해서라도 격리 치료가 필요합니다."

"무…… 뭣!"

무슨 말을 하기도 전에 갑자기 코너에서 하얀 가운을 입은 사람들이 나타나더니 신성현과 신성민을 양옆에서 팔짱을 꼈다.

"무슨 짓이야!"

"뭐 하는 짓이야, 이 새끼들아!"

두 사람은 깜짝 놀라서 발버둥을 쳤지만 덩치 큰 두 사람에게서 벗어날 수가 없었다.

"경비! 경비!"

다급한 두 사람은 도움을 청하기 위해서 경비를 불렀지만 그 남자는 품에서 신분증을 꺼내서 내밀었다.

"○○정신병원 원장입니다. 두 분에 대해서는 가족들의 부탁을 받아서 며칠 전부터 정신감정 중이었습니다. 심각한 소시오패스적 성향과 반사회적 성향 그리고 성격장애와 공격성을 보이기 때문에 안전을 위해 격리가 필요하다고 생각됩니다."

"네?"

"정식 진단서입니다. 일단 입원시켜서 정밀 검사를 해 보겠습니다만, 안전을 위해서 임시 수용을 해야 할 듯합니다."

그 말을 들은 신성현과 신성민은 머리가 멍해졌다. 마치 데자뷔 같은 상황이었다. 다른 점은 그때 잡혀간 건 자신의 아버지지, 자신들이 아니라는 것이다.

"헛소리하지 마! 이 개새끼들아!"

"닥쳐!"

발버둥치는 사람들. 그리고 그들이 미치광이라는 말에 멀어지는 사람들. 한국에서는 여전히 정신병자에 대한 두려움이 많았기에 그들의 얼굴에는 공포가 가득했다.

더군다나 얼마 전에 벌어진 정신병자의 묻지 마 살인은 더욱 두려움을 증폭시켰다.

"이건 위법이야! 두 명 이상의 동의가 필요하단 말이다!"

맞는 말이다. 원래 정신병자를 입원시키기 위해서는 가족 두 명 이상의 동의가 필요하다.

"동의서는 여기에 있습니다."

의사가 내미는 동의서. 그걸 본 두 사람의 얼굴에 당혹의 빛이 물들기 시작했다. 한 명은 누군지 예상하는 건 어렵지 않았다. 당연히 신명태다.

그런데 다른 한 명은 자신들이 생각하지도 못했던 사람이었다.

"이…… 무슨……."

거기에 쓰인 이름은 자신들의 아내들이었던 것이다.

"이건 무슨 개소리야!"

"으아! 거짓말이야! 놔! 놔!"

발악하면서 끌려가는 두 사람. 그리고 그들을 무슨 구경거리 보듯 바라보는 사람들. 신명태는 그걸 보면서 입안이 씁쓸해졌다.

"복수가 마음에 안 드십니까?"

"자식이니……."

노형진은 저들이 장난치는 걸 보고 그냥 넘어갈 만큼 성격이 좋지 못했다. 그래서 신명태에게 말해 받은 만큼 돌려주었다.

"거기서도 정신 못 차리면 그때는 별수 없죠."

그들의 아내, 즉 며느리들을 포섭하는 건 어렵지 않았다. 엄밀하게 말하면 그들은 납치의 방조범인 데다가 횡령까지 한 사람들이다. 처벌을 피할 수가 없다.

그래서 노형진은 그들을 회유했다. 고발하지 않는 대신에 그들이 협조해 주면 최소한 나가서 살 수 있는 빌라 하나 정도는 구해 주기로 말이다.

당장 재판에서 지면 빈털터리로 나가야 하는 데다 형사처벌을 받을까 두려웠던 그들은 노형진의 말대로 할 수밖에 없었고, 그 결과 자신들이 짠 함정에 빠져 그대로 끌려가게 된 것이다.

"오래 있을까요?"

"모르지요."

일단 재판이 끝나면 친자 관계가 끊어진다. 그 후에 꺼낼 수 있는 건 아내들뿐이라는 소리다. 문제는 아내들이 과연 꺼내 줄지 확실하지 않다는 것. 꺼내 주는 순간 신명태로부터의 지원이 끊어지기 때문이다.

즉, 친자 관계가 끊어지더라도 그들에 대한 통제권은 이제 신명태가 한다는 것이다.

"고맙네."

노형진의 손을 잡으면서 신명태가 말했다. 복수는 둘째 치고 최소한 자신의 아들들이 처벌받는 것은 막았다. 현행법상 정신이상자들은 처벌받지 않으니까.

"별말씀을요."

신명태에게는 최고로 좋은 상황이 되었다. 며느리를 통해서 자식들을 통제할 수 있게 되었을 뿐만 아니라 두 아들은 더 이상 자신의 재산을 노리지도 못하며 형사처벌을 받지 않아도 되는 상황이니 말이다. 아버지로서도 그리고 자식이 사회인으로 복귀하는 문제에서도 안정적인 상황이 된 것이다.

"저희야말로 잘 부탁드립니다, 건물주님. 하하하."

노형진은 새로이 들어가게 될 건물을 생각하면서 미소를 지었다.

미래를 위한 준비

"아이고, 예뻐 죽겠어."

"얼굴에 침 바르지 마세요."

"하하하."

송정한의 얼굴에는 미소가 가득했다. 그도 그럴 것이, 신명태는 감사의 의미로 건물 자체를 통째로 빌려줬기 때문이다. 게다가 그 가격이 터무니없이 쌌다. 건물 통째로 해서 한 달에 500만 원이다.

실상 그 자리쯤 되면 그 안에 있는 사무실 한 개 가격이 월 500만 원을 넘긴다. 그런데 그 건물을 통째로 500만 원에 해준 것이다.

그뿐만 아니라 그들 덕분에 나온 사람들이 너도 나도 싼 가격에 건물을 빌려준 덕분에 전국에 새론의 지사를 만드는 것이 무척이나 쉬워졌다.

"이제 이사하는 일만 남았네."

이사가 결정되자 사람들은 짐을 싸기 시작했다. 그 양이 상상을 초월할 정도로 많았지만 모두 행복한 표정이었다.

"다른 사건들은 어떤가요?"

"잘 끝나고 있다네."

부자들은 인맥을 가지고 있기 마련이다. 그렇게 탈출한 부자들은 서로의 안부를 물어 가면서 자식들에게 끌려간 사람들을 찾아내기 시작했고 그게 드러나면 주저하지 않고 새론에 연락했다.

그 덕분에 새론의 수익은 말 그대로 기하급수적으로 늘어나고 있는 상황.

"이대로라면 순식간에 커지겠어."

새론의 가장 약점인 부자와의 인맥이 없다는 것이 이렇게 쉽게 해결되자 제법 굵직굵직한 사건들이 새론으로 들어오기 시작했다.

지금까지 작은 사건들에서 충분한 연습을 한 새론의 변호사들은 제법 좋은 승률을 낼 수 있었고, 이에 몇몇 고객들은 대룡처럼 전속 법무법인으로 계약을 할 정도였다.

"그나저나 미안해서 어떻게 합니까? 바쁜데."

"아니야. 우리야 뭐, 몸이나 써야지."

"송 변호사님, 변호사가 몸 쓰는 직업이라고 하면 사람들
이 웃습니다."

"하하하."

송 변호사는 그저 웃음을 지을 뿐이었지만 지금 한 말은
농담이 아니었다.

"자네가 하는 일에 비하면 아무것도 아니지, 뭐."

부자들이 나오자마자 노형진에게 부탁한 것은 다시는 이런
일이 벌어지지 않게 해 달라는 것이다. 대부분 화가 끝까지
나서 친자 관계 부존재 소송을 하기는 했지만 일부는 여전히
자식이라는 이름 때문에 어쩔 수 없이 용서했던 것이다.

하지만 어느 쪽이든 똑같은 일이 벌어지길 원하지 않았기
에 그들은 노형진, 아니 새론에 부탁해서 좋은 방법을 만들
어 달라고 한 것이다.

"이번에 잘 만들면 아마 미래에 큰 도움이 될 걸세."

송정한은 처음에는 자신들이 은행도 아닌데 그런 게 가능
하겠느냐고 생각했지만 노형진의 생각은 달랐다.

"그렇겠지요. 미국에서는 이게 로펌 수익의 큰 부분을 차
지하고 있으니까요."

노형진은 그걸 듣고 미국에서 운영하는 펀드를 생각했다.
한국에는 잘 알려지지 않았지만 미국에서는 이런 사건에 대
한 대비책이 제법 확실하게 되어 있었다.

"그럼 다녀오겠습니다."

"그래, 다녀오게."

노형진은 그 일을 해결하기 위해 분주한 사람들을 지나 바깥으로 나갔다.

오늘이 이사하는 날이라 모두들 작업복을 입은 상황에서 혼자만 양복을 입고 움직이려니 어색한 기분이 들기까지 했다.

"그나저나…… 이제 어디로 갈까?"

노형진은 곰곰이 생각하다가 적당한 기업을 생각하고는 미소를 지었다.

HSC은행. 영국계 은행으로 한국에 진출한 은행이다. 한국에 있는 은행을 인수합병하거나 제휴하지 않고 단독 진출한 흔하지 않은 은행으로, 그 규모가 크지 않고 거래량도 많지 않다. 공식적으로는 말이다.

하지만 실상은 약간 다르다.

'미래의 부자 은행이지.'

HSC는 원래 과거 중국에 진출한 영국 상인들이 출자해서 만든 은행으로, 좋게 말하면 상업은행이지만 결과적으로는 그 당시 중국에서 벌어들이는 엄청난 아편 판매 수익을 가지고 가기 위한 곳이다.

그런 연유로 다른 곳보다 훨씬 보안도 강하며 그 자본금 역시 대단하다 보니 지금은 작지만 미래에는 부자들이 죄다 이곳으로 몰려갈 정도였다.

문제는 여전히 카르텔과 거래한다는 부분이 존재하는데도

이것이 법이다

한국 정부에서 어떤 식으로 압력을 넣어도 눈도 깜짝하지 않는다는 것이다.

"실례합니다."

노형진이 안으로 들어가자 접대하는 직원이 다가왔다.

"어떤 일로 오셨나요?"

"새로운 예금을 만들려고 하는데요."

"통장 개설 말씀이신가요?"

"네."

"그럼 가액은 얼마 정도?"

원래 이런 은행은 담당자가 있기 때문에 확실한 사람을 붙여 주기 위해서였다.

하지만 그다음 말에 직원은 당황했다.

"제 개인이 아니고 말입니다. 법무법인 새론에서 나왔습니다. 우리 쪽에 재산 관리를 맡기는 것을 원하는 분들이 있어서 은행과 연계해서 하려고요. 아마 가액은…… 한…… 현재로써는 500억에서 700억 사이가 될 것 같군요."

"700억 말씀이십니까?"

"네."

그 말에 직원은 순간 당황하는 듯하더니 재빨리 어디론가 전화를 걸었다.

"잠시만 기다려 주시면 바로 준비해 드리겠습니다."

"네."

말로는 그렇게 했지만 거의 번개 같은 속력으로 한 사람이 튀어나왔다.

"안녕하십니까? HSC은행 강남 지점의 백중섭이라고 합니다. 부족하나마 부지점장을 담당하고 있습니다."

"안녕하십니까? 새론 법무법인의 노형진이라고 합니다."

"이리로 오시죠."

가액이 엄청나다 보니 바로 튀어나온 사람은 다름 아닌 부지점장이었다. HSC가 한국에 진출한 지 얼마 안 되는 데다 부자들이 사용하기에는 좀 이른 시점이기 때문이다.

"계좌를 만들고자 하신다면서요? 어떤 계좌인가요?"

"조건성 계좌입니다."

"조건성 말입니까?"

"네, 안 되나요?"

"안 될 리가요? 다만 한국에서는 처음 들어 봐서 말입니다."

조건성 예금이란 그 계좌를 사용하는 데에 있어서 어떤 조건을 달아서 통제하는 것을 말한다. 쉽게 말해서 적금과 비슷한 것이다.

일정 기간 동안 무조건 납입하면 상당히 높은 이자로 이율을 주는 적금 역시 조건성 계좌에 속한다고 할 수 있다.

"한국에는 아직 알려지지 않았지요, 하하하."

"뭐, 그런 면이 있지요."

사람들은 조건성 계좌라고 하면 보통 적금만 생각한다. 하지만 엄밀히 말하면 조건성 계좌를 만드는 것은 어떤 조건이든 달 수 있다.

한국 계열의 은행들은 편의성을 위해서 만들어진 방식만 권하거나 펀드에 투자하라고 한다. 하지만 영국계 은행인 HSC는 그런 조건성 계좌에 대해서 잘 알고 있고 또 여러 번 경험이 있다.

노형진이 이곳을 찾아온 것은 바로 그것 때문이다.

"어떤 조건입니까?"

"간단하게 말해서 관리는 우리가 합니다만 그 지급은 은행에서 보증하는 겁니다."

"여러 계좌를 만드시는 건가 보군요."

"네."

서양에서는 이런 조건성 계좌가 많이 퍼져 있다. 대표적인 것이 바로 상속 계좌. 일정 금액을 넣어 두고 자식이 몇 살이 되기 전에는 손도 대지 못하도록 만드는 것이다. 그 대상에는 계좌를 만든 본인도 포함된다.

나머지는 연금식 계좌. 한국에서 만드는 연금과 비슷하지만 그 금액이 크다는 차이가 있다. 이건 보통 자식이 아무리 봐도 재산을 지킬 능력이 안 된다고 생각할 때 많이 쓰는 방식으로, 저장된 금액에서 일정 금액을 매달 주도록 하는 것이다.

떵떵거릴 정도로 살지는 못하지만 최소한 굶어 죽거나 망해서 길바닥으로 나앉지는 않는다.

"조건부 연금 계좌를 만들려고 합니다."

"조건부 연금 계좌를요?"

"네."

노형진이 부자들에게 설명한 방식은 간단했다.

계좌를 만들고 새론에서 관리한다. 입금된 금액에서 매달 얼마만큼의 돈이 나가기에 자식이 무능해도 굶어 죽을 정도는 아니다.

물론 그의 이름으로 된 계좌이기는 하지만 자식이 그 관리 책임자가 아니라서 담보로 이용하지는 못한다. 즉, 뭘 하다가 망한다 해도 계좌 자체는 남아 있는 것이다. 물론 계좌에서 지급되는 돈은 빼앗길 수도 있겠지만.

그리고 그 계좌에서 그 당시 최저임금의 여섯 배까지 받을 수 있다는 특이한 조건이 있다. 하지만 그러기 위해서는 나이가 예순을 넘어갈 때까지 매달 최저임금의 50% 이상의 수익을 스스로 벌고 있음을 증명해야 한다.

즉, 아무리 계좌가 있다고 하지만 그걸 믿고 노는 걸 용납하지는 않겠다는 것이다. 그런 조건이면 자식은 어쩌다 망한다 해도 최소한 생계는 넉넉하게 유지할 수 있다.

그럼에도 불구하고 자신이 손댈 수가 없기 때문에 한 방에 다 써 버리고 거지가 되지는 않는다.

"어렵지 않은 조건이군요."

요즘 미국이나 유럽에서 많이 계약하는 형태였기에 부은

행장은 고개를 끄덕였다.

'이게 제법 쓸 만했지.'

노형진은 이걸 단순히 생각한 게 아니었다.

원래 이런 계좌가 생긴 건 90년대였다. 그리고 노형진이 활동하던 시절에 결국 재산을 지키지 못한 2세대, 또는 3세대가 등장하면서 그 효과가 발휘되었다.

아무리 망한다고 해도 3대는 가는 것이 가능해진 것이다. 비록 과거에 비하면 부족함이 있지만 최소한 당장 다른 사람처럼 돈이 없어서 죽는 것은 아닌 정도.

"의뢰인들도 마음에 들어 하시더군요."

부자들은 달리 부자가 아니다. 그들은 이 계좌가 가지는 보장성이 마음에 들어 한다.

더군다나 이런 계좌는 한 곳만 가는 게 아니다.

기본적으로 은행의 파산 같은 상황에 대비해 여러 곳에 가입하는 것이 보통이고, 다음 세대가 일조차도 하지 않고 놀고먹으려 해도 이걸 받기 위해서는 최소한 알바라도 해야 하는 것이다.

예외로 인정되는 건 신체적 장애가 있거나 어떤 사유로 인해 일할 수 없다는 사실을 법무법인과 은행이 인정한 경우뿐이다.

"그럼 관리자는 새론입니까?"

"네, 그게 안전하지요."

잘 모르는 사람들은 친척 중 한 명이나 개인을 관리자로 임명한다. 문제는 그렇게 하면 그 사람이 그 돈을 꺼내 써 버린다는 것이다.

결국 정작 받아야 하는 시점에 돈이 남지 않는 경우가 제법 많다. 하지만 이 경우 제3자인 새론은 돈을 꺼낼 능력이 안 된다. 은행 역시 출금 조건을 확인해야 해서 마음대로 꺼낼 수가 없다.

"몇 개 정도 생각하고 계십니까?"

"일단은 백 개 정도 생각하고 있습니다."

"백 개라, 적지 않군요."

그럼 한 계좌당 5억 정도라는 뜻이다. 이제 막 한국에 진출한 HSC로서는 무척이나 반가운 말이다.

"가능한가요?"

"그럼요."

부지부장은 흔쾌하게 고개를 끄덕거렸다.

"잘 부탁드립니다."

"별말씀을요, 하하하."

노형진은 생각보다 일이 쉽게 끝났다고 생각했다.

"자, 이제 기다려 볼까?"

노형진의 입에 미소가 걸렸다.

⚖

"대표님, 계좌 계설이 가능하냐는데요?"

"또?"

송정한은 아직 리모델링 냄새가 빠지지 않은 새 사무실에서 어이가 없다는 듯 중얼거렸다.

"아니, 우리가 무슨 은행이야? 왜 다 우리한테 오는데?"

"그거야 노 변호사님이 워낙 일을 잘하니까."

"일을 잘해도 문제네."

새로운 펀드의 소문은 부자들 사이에서 순식간에 퍼지기 시작했다. 지금까지 이런 서비스를 제공한 회사도, 은행도 없는 상황에서 무능한 자식들 때문에 고민이 많았던 부자들에게는 마치 하늘에서 내린 기회처럼 들릴 정도였다.

"일단은 노형진 변호사 사무실로 돌려요."

아직 정리가 다 끝나지 않은 상황이다 보니 제대로 상담실을 만들지도 못한 상황. 그나마 알고 있는 노형진에게 돌리려고 하던 송정한은 다음 말에 한숨을 쉬었다.

"노 변호사님은 손님이 오셔서요."

"손님?"

"네, 은행에서."

"은행이란…… 끄응…….."

고개를 절레절레 흔든 송정한은 손을 까딱거리면서 신호를 보냈다. 자신에게 돌리라는 뜻이다.

"송정한 변호사입니다."

송정한이 그렇게 전화받고 있을 때 노형진은 생각지도 못한 손님에 당황하고 있었다.

"무슨 말씀이신지?"

"우리에게도 계좌를 만들어 주시면 감사하겠습니다."

노형진을 찾아온 사람은 다름 아닌 근처 은행의 지점장이었다. 그들은 선물까지 바리바리 싸 들고 와서는 노형진에게 미소를 보내고 있었다.

"직원들의 월급 통장을 말씀하시는 건가요? 우리는 거래 중인 곳이 있습니다만."

"그게 아니라 그 조건식 계좌 말입니다."

"아, 그건 벌써 HSC에서 만들기로 했습니다만."

"추가로 만들려고 하신다고 들었습니다."

'당연하지.'

노형진은 사실 이들이 올 걸 알고 있었다. 아니, 이들이 오도록 만들었다고 봐야 할 것이다. 한 사람당 5억 정도 되는 계좌다. 많다면 많지만, 반대로 말하면 소위 말하는 부자들에게는 큰돈이 아니다.

그럼에도 불구하고 고작 5억으로 한 것은 다른 은행들을 끌어들이기 위해서다.

'어차피 하는 거 더 좋은 조건으로.'

그게 노형진이 노리는 것이었다. 한 곳에 제휴하고 맡기면 일은 편해진다. 또한 자신들에게 일종의 로비가 들어올 수도 있다. 하지만 실질적으로 그건 상당히 위험한 일이다.

일단 그렇게 된다면 로비 자금을 빼기 위해서 이율을 낮출 수밖에 없다. 하지만 노형진은 HSC를 미끼로 썼다. 한 번에 엄청난 자금이 들어간 데다가 다른 곳에서도 계좌를 만들 거라는 소리를 하자 주변 은행들은 난리가 났다.

국내에서는 작은 규모인 HSC에 그 정도 자금이 들어간다면 더 큰 은행에는 더 많은 자금이 들어갈 게 뻔하니까.

"저희 은행에서는 이번에 적극적으로 조건부 계좌를 개설하려고 생각 중입니다. 이번에 새로운 영업 팀을 만들어서 전담 작업을 시킬 예정이며……."

은행에서 가장 큰 업무 중 하나가 다름 아닌 새로운 자금의 융통, 즉 예금을 만드는 것이다. 실제로도 한 번에 수억짜리 예금을 받아 오는 사람들에게는 승진이 확정적일 정도로 말이다.

그런데 한 번에 수백억에 달하는 예금이 왔다 갔다 하고 있다.

"그래요?"

지금까지 그런 개인 조건부 예금이라는 걸 생각해 보지 못한 은행의 입장에서는 노형진이 만든 개념은 제법 큰 충격이었다. 그럴 수밖에 없는 게, 은행에서 생각하는 예금의 중요성은 금액도 금액이지만 지속성이기 때문이다.

적금은 당장 나갈 이유가 없는 돈이라 대출이나 기타 자금으로 쓰기 좋기에 일반 예금 1억보다 적금 5천이 더 중요하게 생각된다.

하물며 이런 조건부 예금은 이번 세대뿐만 아니라 다음 세대까지 특별한 사유가 발생하지 않는 한, 완전 고정된 저금이다.

"그러니까 저희에게 맡겨 주시면……."

"글쎄요. 우리는 아직 그런 것까지 생각하지 않았는데요."

"저희 쪽에 주시면 금리를 최대 3.3%까지 해 드리겠습니다."

"흠."

노형진은 고의적으로 불만족스러운 얼굴을 지었다. 그리고 그걸 본 지점장은 침을 꿀꺽 삼켰다.

"부족하신가요?"

"솔직히 그렇지요. 큰 금액인데 고작 3.3%라니요. 제가 알기로는 일반적인 억 단위 적금의 금리가 4% 아닌가요?"

"하하하하."

그 말에 지점장의 얼굴이 핼쑥해졌다.

'쯧쯧, 내가 바보냐?'

저쪽에서는 당연히 금리를 낮추려고 한다. 그래야 수익이 나기 때문이다.

"제성은행에서는 4.5%라고 하던데."

"윽!"

단순 생각해 보자. 5억을 넣을 경우 연 1%의 이자라고 해도 500만 원이다. 3.3%라면 년 1,800만 원쯤 된다. 그런데

4.5%라고 하면 2,200만 원쯤 된다.

고작이라고 할 수치 같지만 무려 400만 원이나 된다. 문제는 처음에 HSC에 5억을 넣은 목적이 다른 곳에 이런 시스템을 구축하는 중이라는 소문을 내기 위한 것이라는 점이다.

작게는 수백억, 크게는 수천억대 부자들이 고작 자식을 위해서 5억을 넣을 리가 없고 나이가 들면 더 많은 금액을 넣으려고 한다는 것이다.

그럼 50억은 넣으려고 할 텐데, 그렇게 되면 1년에 차이가 4천만 원이나 된다. 4.5%라고 하면 1년 기준으로 이자가 2억 2천만 원이라는 건데 계약 조건대로라면 이자만으로도 세대의 생활비를 주고도 남는다는 뜻이다.

"이런 식이면 거래 못 합니다."

노형진은 슬쩍 압박을 넣었다.

"저기 노 변호사님, 저희에게도 기회를 주시면……."

"기회를 드리고 있지 않습니까? 우리는 변호사 사무실입니다. 당연히 의뢰인의 이득을 위해서 일해야지요."

어떻게 뇌물로 해결해 보려고 하던 지점장은 마른침을 꿀꺽 삼켰다.

'젠장, 뭐, 이딴 새끼가 다 있어?'

보통 변호사들에게 뇌물을 주면 자신들이 특별히 손해를 보지 않는 한 모른 척 받아들여 준다. 그런데 노형진은 뇌물로는 움직일 인간이 아닌 듯했다.

"4.5 %입니다. 받아들이시든가, 아니면 거절하시든가요."

"크윽……."

결국 한숨을 푹 쉬는 지점장. 만일 이 거래를 상대방에게 빼앗기면 분명 위에서 상당히 욕먹을 것이다.

그럴 거면 차라리 기왕 욕먹을 거, 조금 금리를 높여 주고 욕을 먹는 게 나을 것 같았다.

"그렇게 하도록 하겠습니다."

"아, 그리고 다른 조건이 있는데요."

"어떤……?"

그 말에 노형진은 미소를 지었다.

⚖

"노 변호사."

"네?"

"우릴 죽이려고 작정한 거지?"

송정한은 진심으로 노형진이 자신들을 과로로 죽이려는 거 아닌가 하는 생각이 들기 시작했다.

"아닌데요?"

"그런데 왜 이런 조건을 단 거야?"

노형진이 제시한 조건. 그건 가볍다면 가볍고 무겁다면 무거운 것이었다. 해당 지점에서 소송이 발생할 경우, 그 최우

선 의뢰 대상자는 새론으로 한다는 조건.

"좋잖습니까? 어차피 부자들이랑 선을 만들려고 한다면 은행이랑 만드는 것도 나쁘지 않지요. 일단 은행이랑 선을 만들어 두면 도움도 많이 되고요."

"그거야 그렇지만……."

은행은 은근히 소송이 많다. 특히 채무·변제 쪽 사건이 많다. 당연히 일이 많은 새론으로서는 부담스러울 수밖에 없다.

"걱정 마세요. 그렇게 생각보다 많지는 않을 겁니다. 보통 법무 팀이 있기 마련이니까요."

작은 사건은 당연히 법무 팀에서 할 것이다. 하지만 법무 팀에서 감당되지 않는 대형 사건이 생기면 결국 대형 로펌을 찾게 되는데, 새론은 엄청난 자금의 관리 자격을 가지고 있는 로펌인 데다가 양해 각서까지 있고 그 규모 또한 전국의 순위권이니 볼 것도 없이 새론에 맡겨야 한다는 것이다. 그러니 그 특성상 최소 수십억짜리 사건이 될 건 당연한 일.

"나쁜 짓은 아니잖습니까?"

"그거야 그렇지."

의뢰인의 수익을 포기하면서 자신의 수익을 찾는 건 나쁜 짓이다. 하지만 의뢰인의 수익을 보전하면서 자신의 수익을 만들어 내는 건 나쁜 짓이 아니다.

"우리도 미리 돈을 준비해 놔야 하니까 그냥 하세요."

"도대체 무슨 돈이 그렇게 필요하다고?"

"로스쿨을 만들어야 하지 않습니까?"

"아……."

노형진이 갑자기 부자를 꼬시고 은행과 선을 만들어서 거액의 사건을 끌어오는 것은 다름 아닌 로스쿨 때문이다.

"전에도 말씀드렸다시피 우리와 계약하는 로스쿨은 기본적으로 50%, 실력이 좋은 경우는 100% 새론에서 장학금이 나가야 합니다. 그래서 실력 좋은 변호사들을 우리 쪽에 데려오는 것이 목표입니다."

"잊고 있었네."

"그럴 수도 있지요."

송정한은 솔직히 완전히 잊어버리고 있었다. 그래서 요즘 노형진이 왜 과거와 다르게 돈에 매달리는지 살짝 이상하다고 생각하는 차였다.

그런데 그 이유가 까맣게 잊어버리고 있던 로스쿨 때문이라니.

"이번에 결과 나온 거 보셨지요?"

"봤네. 자네 생각이 맞더군."

정부에서 나온 등록금과 학비 등을 계산하면 일반적인 집에서 감당할 수 있는 수준이 아니다. 당연히 실력 있고 재능 있는 일반 가정의 아이들은 로스쿨에 갈 수조차 없게 된 것이다.

"이 바닥은 결국은 실력이 전부입니다. 그리고 제가 장담하는데 로스쿨 초년생들부터 실력이 엄청나게 떨어질 겁니다."

이것이법이다

"음……."

그건 예상이 아니라 경험이다. 로스쿨에서 배출된 수많은 변호사들. 노형진 역시 그들과 일해 봤지만 대다수가 실력이 부족했다.

물론 일부 실력 있는 사람들도 있었지만 재능이 있는 사람들보다는 돈과 그저 그런 능력을 가진 사람들이 로스쿨에 가기 시작했기 때문이다.

사법연수원이야 일단 합격하면 공부도 시켜 주고 월급도 주기 때문에 개천에서 용 나는 것이 가능했다. 하지만 로스쿨은 절대 불가능한 구조다.

'사법시험 제도가 사라지기 전에 어떻게 해서든 자리를 잡아야 한다.'

2017년에 사법시험 제도는 사라진다. 그렇게 되면 재능 있지만 돈이 없는 사람들의 길은 완전히 막혀 버린다.

'그걸 우리가 잡을 수만 있다면.'

그 전에 확실하게 능력 있는 사람들을 잡을 수 있다면 실전에 나갔을 때 어떤 결과가 나올지는 뻔한 일이다.

그리고 그렇게 된다면 미래의 새론은 청계 이상으로 한국 법률계를 지배할 수 있게 된다. 청계가 음이라면 새론은 양으로 말이다.

"미래를 위해서는 하나만 보면 안 됩니다. 여러 가지 요소들을 함께 봐야지요."

"음."

"일단 지금 벌어 둔 인맥과 은행의 사건이라면 충분히 그들이 수업을 마치는 데에 필요한 돈을 충당할 수 있을 겁니다. 그 후에는 계약에 따라 우리와 일하게 되겠지요."

"그렇겠지."

"그러면 그 후부터는 훨씬 편해질 겁니다."

새론에서 지원받은 사람들은 당연히 새론에서 일해야 한다. 그러니 그들은 새론에 새로운 힘이 되어 돈을 벌어 줄 것이다. 그것도 투자받았으니 현 변호사들과는 조금 다르게 낮은 지분을 가지고 받아 갈 것이다.

그렇게 되면 새론은 추가적인 수익이 생길 테니 그 돈으로 지속적인 투자를 하는 것이 가능하다.

"자네는 그 만구키드를 생각하는 건가?"

"어떤 면에서는 맞습니다."

만구파에서 돈을 주고 키운 장학생들. 그들이 자리 잡아서 음으로, 양으로 도와준 덕분에 만민구원파가 급성장할 수 있었다.

노형진 역시 그걸 계획하고 있었던 것이다.

"다만 다른 점은 이건 종교가 아니라 계약이라는 거죠."

"종교가 아니라 계약이다?"

"네, 만구키드 같은 경우는 종교입니다. 만일 교단에서 잘못된 명령을 내려도 거부할 수가 없지요. 그러면 지옥에 간다고 세뇌당했으니까요."

물론 그건 자기가 불이익을 당하지 않을 때까지만이다. 실제로 만구파가 노형진에게 작살나는 시점에서 만구키드들은 모두 꼬리를 말고 잠수를 탄 상황이었다.

"그에 반해 우리는 계약입니다. 법적으로 우리와 일하는 건 변호사들뿐입니다. 나머지는 심적으로 동하는 수준이지, 강제력은 없지요. 당연히 우리가 잘못된 길을 가려고 한다면 따르지 않을 겁니다. 그리고 그들은 우리가 잘못된 길을 가려고 하는 순간에 훌륭한 브레이크가 되어 줄 겁니다."

"브레이크라……."

"브레이크가 없는 조직은 파멸할 수밖에 없습니다. 뒤를 돌아볼 수 있어야 살아남을 수 있지요. 만구파는 그런 브레이크가 없었습니다. 하지만 우리에게는 브레이크가 있습니다. 물론 그러기 위해서는 상당히 강한 인성 교육이 필요하지만요."

노형진의 신념 중에는 이런 말이 있다, 신념 없는 교육은 똑똑한 악마를 만들 뿐이라는. 그 어원 자체는 게임에서 나온 것이지만 그 내용 자체는 진리라고 노형진은 생각하고는 했다.

신념 없이 배운 사람들은 돈만을 따라가며, 그렇게 되면 사회는 붕괴된다. 그리고 그것이 대한민국의 미래를 망치고 있다. 아니, 이미 망쳤다.

"알겠네. 내 적극 협조하지. 그런데 자네는 어느 곳을 제휴 대학으로 삼는 게 좋다고 생각하나?"

"글쎄요……."

돈 문제가 어느 정도 해결되자 뒤이어 모습을 드러낸 문제는 제휴 대학을 어느 곳으로 하느냐는 거였다.

'원래 역사에서 로스쿨의 수는 스물다섯 개. 그들 중 하나를 꼬시느냐, 새로운 로스쿨 학교를 만드느냐…….'

전자라면 일이 쉬워진다. 저들이 떨어질까 봐 안절부절못하고 있을 때 손을 내민다면 당연히 잡을 것이다.

문제는 그들이 로스쿨이 될 만한 만큼 강력한 학교다 보니 아무래도 자신들의 말을 따르지 않게 될 가능성이 높다는 것. 사람이란 화장실에 들어갈 때와 나올 때가 다른 존재니까.

'우리와 대룡의 힘이면 한 곳 정도는 더 늘릴 수 있는데.'

다른 하나는 간당간당한 대학과 손을 잡는 것이다. 통제하기도 쉬워지고 세력이 약해서 자신들을 치고 나가기도 어려워진다.

문제는 만일 스물다섯 개에서 더 늘어나지 않을 경우, 재수 없으면 로스쿨 자격을 얻지 못하게 된다는 거다. 그러면 말 그대로 닭 쫓던 개 꼴이 된다.

물론 나중에 로스쿨 결정이 난 학교와 제휴해도 되겠지만 그렇게 된다면 이미 결정이 난 것이기에 그들이 많은 부분을 양보해야 하며 결과적으로 남 좋은 일만 시켜 줄 가능성이 높다.

"제 생각은 이렇습니다."

노형진은 자신의 의견을 말했다. 물론 실제로 선정된 학교를 선정된다고 말하는 대신 가능성이 높다고 표현한 거지만.

"흠…… 이건 우리끼리가 아니라 다른 변호사들도 알아야 하지 않을까? 우리 로펌의 미래가 달린 일 아닌가?"

"그렇지요."

송정한은 아무래도 일이 일이니만큼 다른 변호사들과 이야기하자고 했고 노형진은 고개를 끄덕거렸다.

잠시 후 변호사들이 새로운 회의실로 모여들었고 새로운 건물에서 새론의 미래를 건 회의가 시작되었다.

"한국대는 어때요?"

"한국대는 무리야. 애초에 한국 최고의 대학이라고 그곳은 거의 확정적일 텐데 우리 말을 귓등으로 듣기나 하겠어?"

무태식의 말에 송정한은 고개를 흔들었다.

"그럼…… 명진대는?"

"그곳도…… 영…… ."

"아예 지방으로 내려가는 건 어떨까요?"

"지방이라…… ."

그것도 방법이기는 하다. 하지만 노형진은 고민이 많았다.

"그건 좀 생각 좀 해 봐야 합니다. 지방으로 내려간다는 건 질은 둘째 치고 비용이 너무 커집니다."

일단 공식적인 로스쿨 1년 학비만 2천만 원이다. 생활비와 기타 들어가는 비용을 따지면 3년 기준으로 2억 정도 든다.

거기에다가 생활비와 숙식비가 너무 많이 드는 것도 사실이다.

"근데 그건 마찬가지 아닌가요? 능력 있고 머리 좋은 사람이 서울에만 있으라는 법은 없으니까요."

"그건 그렇군요."

"아니, 애초에 그런 사람이라면 어디든 상관없을 것 같은데요?"

어차피 능력이 있는 사람이 새론의 지원을 받으면서 로스쿨에 가려고 한다면 어느 곳이든 상관없을 것이다.

"전 좀 다르게 생각해요. 너무 먼 지방은 곤란하지요. 우리가 통제하는 것도 힘들고 결정적으로 우리 수업 방식은 실전에서 배우는 것인데 그때마다 지방에서 올라오라고 하기도 그렇고."

"흠……."

이런저런 이야기가 나오고 있는 만큼 노형진 역시 이런저런 고민이 많았다.

'이건 내가 예상할 수 있는 게 아냐.'

어느 정도 역사를 알고 있긴 하지만 직접 나서서 대대적으로 역사를 바꾸려고 하는 건 처음이다. 당연히 자신이 모르는 상황이 벌어질 것이다.

"난 말일세."

그 순간 남상주 변호사가 천천히 입을 열었다.

"경기도권이 좋다고 생각하네."

"경기도권요?"

"그래, 지방에 내려가기도 쉽고 서울로 오기도 쉽지. 결정적으로 서울에 비해서 생활비가 덜 드는 것도 있어. 필요한 경우 힘들기는 하겠지만 거기서 서울로 출퇴근하는 버스도 많고."

"흠……."

확실히 경기도권이라면 위치적으로는 적당하다. 그런데 문제가 있었다.

"그런데 경기도권에는 적당한 대학이……."

"한 곳이 있네."

"한 곳요?"

"백민대학교."

"아!"

백민대학교.

학교 등급으로 보면 아주 상위는 아니지만 중상위권을 유지하는 대학교다. 또한 서울과 수원에 걸쳐 있다.

공식적으로는 서울이지만 위치는 절묘하게 수도권, 즉 경기도.

"역사도 오래되었고 말이야. 그리고 부끄럽지만 내 모교

이기도 하지."

"부끄러울 게 있나요?"

혹시나 모교라서 추천하는 게 아닌가 하는 오해를 받을까
봐 남상주 변호사가 미리 말했지만 노형진은 아니라고 손을
저었다.

"백민대학교 정도면 충분합니다."

공간도 크고, 거리도 그 정도면 가깝다. 결정적으로 원래
독립운동가가 만든 최초의 국내 대학이라는 점이 마음에 들
었다.

"안 그래도 동문들에게서 걱정이 많더군. 혹시나 떨어지
면 어쩌나 하고 말이야."

그 말에 노형진은 씁쓸하게 미소를 지었다.

'떨어졌지.'

백민대학교는 백성과 민족을 생각한다는 의미에서 만들어
진 대학교다. 그래서 애초에 이름 자체가 백민이다. 원래 역
사에서 백민대학교는 로스쿨을 받기 위해서 전용 건물까지
만들었을 만큼 야심차게 지원했지만 로비력이 부족한 것이
패인이었다.

"일단 그곳과 이야기해 보는 걸로 하죠."

그쪽에서 거절한다면 의미가 없지만 노형진이 봤을 때 백
민대학교는 그럴 것 같지는 않았다.

"그다음은 우리가 표적으로 삼아야 하는 대학입니다."

"표적이라니?"

"치사하지만 말입니다. 현재 로스쿨의 숫자는 스물다섯 개 한정입니다. 우리와 대룡에서 숫자를 늘리려고 시도는 하겠지만 그게 확정적인 건 아닙니다. 다시 말해서 재수 없으면 떨어질 수도 있다는 거지요."

"음……."

그건 부정할 수 없는 현실이기에 다들 아무런 말을 하지 못했다.

"그러니 안전하게 하기 위해서는 백민대학교와 비슷한 등급에서 선발될 가능성이 높은 대학을 정해서 공격해야 합니다. 그래야 위험부담을 줄일 수 있습니다."

"그건 좀……."

아무래도 정해지지 않은 곳에 공격을 가한다는 게 부끄러운 모양인지 다들 아무런 말을 하지 않았다. 하지만 노형진이 봤을 때 그건 문제가 되지 않았다.

"어차피 이건 미래를 위한 싸움입니다. 더군다나 다른 대학이라고 로비하지 않을 것 같습니까?"

"그건 그렇지."

"지금 모든 대학들은 로비하느라고 정신이 없습니다. 저쪽에서 깨끗한 싸움을 안 하는데 우리가 깨끗하게 이기려고 들면 당연히 집니다. 전에도 말씀드렸다시피요."

"후우!"

여전히 그런 개념을 약간은 거북스러워하는 변호사들이지만 불만을 제기하는 사람은 없었다. 현실이라는 걸 알기 때문이다.

"그래서 어느 곳이면 좋겠나?"

"글쎄요."

"홍성대?"

"아민대?"

비슷한 등급으로 분류되면서 가능성이 있는 대학들이 한 곳씩 언급되었고 노형진은 그걸 보면서 곰곰이 생각에 빠졌다.

'어차피 떨어질 대학들은 버린다. 떨어질 대학을 공격해 봐야 의미가 없어. 그렇다면 충분히 공격 가능하고 합당성이 있는 곳이어야 해. 그리고 라이벌이라고 표현될 만한 곳.'

노형진은 기억 속에서 그런 곳을 한참 찾다가 한 곳을 떠올리는 데에 성공했다. 그곳은 충분히 라이벌이라고 할 수 있었다. 물론 연고대처럼 라이벌 구도가 만들어지는 것은 아니지만 여러모로 비교되는 곳이었다.

"전 경선대학교가 좋을 것 같군요."

"경선대학교?"

"네, 제가 봐서는 라이벌이 될 가능성이 가장 높습니다."

"음……."

"확실히……."

대학을 등급별로 나누는 건 미안하지만 어찌 되었건 백민대와 경선대학교는 커트라인상 비슷한 등급이라고 볼 수 있다. 더군다나 둘 다 서울에 소재하고 있다.

'그리고 경선대학교는 원래 로스쿨을 가지고 가지.'

노형진이 경선대학교를 고른 것은 두 가지 이유 때문이다.

첫 번째, 경선대학교는 백민대와 다르게 친일파가 세운 학교로 유명하다. 만일 인터넷에서 언론 플레이를 한다면 이는 명백하게 유리한 쪽으로 작용될 게 뻔하다. 한국 사람들은 친일파라는 점에 대해서 무척이나 싫어하기 때문이다. 물론 경선대학교는 어떻게든 부정하고 싶겠지만.

두 번째는 경선대학교가 원래 여대라는 것이다.

'그게 문제가 되었지.'

무슨 소리냐 하면 경선대학교는 원래 여대였다. 일제 강점기에 경선대학교의 모토는 황국신민에게 도움이 되는 여성의 함양을 목적으로 세워졌다. 쉽게 말해서 황국을 위해서 일하는 신여성을 키우는 것이 목표였다.

어찌어찌하여 독립 이후에는 신여성 교육이라는 식으로 둘러댔고 그 당시 학교가 부족한 바람에 제대로 정리도 하지 않은 채로 넘어갔지만 여대라는 부분은 계속 지켜 나가고 있었다.

그러나 IMF가 터지고 부실 대학이 마구 쓰러지는 상황에서 급격한 수입 감소로 힘들어 하던 경선대학교는 결국 여대라는 부분을 포기하고 남자들도 입학을 받기 시작했다.

문제는 여대라는 특성은 여전히 존재하고 있는 데다가 여대 시절 신여성, 아니 현대에서는 페미니즘이라는 이름으로 남성 혐오를 주도한 학교다 보니 내부적으로 입학한 남학생들에게 엄청난 불이익이 가해졌다는 것이다.

경선여대에서 경선대학교로 바뀌었을 뿐, 남자들은 그저 돈을 내기 위한 노예급이라고 할까? 그래서 IMF 당시에는 상황이 좋지 않아서 제법 많은 남학생을 뽑았지만, 지금은 학생 중 남학생의 선발 비율이 채 20% 되지 않는다. 터무니없이 낮은 수치이다.

더군다나 로스쿨 문제에도 해당되어 문제가 되었다.

경선대학교에 배당된 로스쿨생 숫자는 백 명. 그런데 언제나 여든 명에서 심하면 아흔 명 이상이 여자였다. 여자에게 상당히 높은 가산점을 부여했기 때문이다. 그렇게 아예 대놓고 차별하는 바람에 나중에는 문제가 되기까지 했다.

'그리고 그걸로 소송까지 했고.'

심지어 이 사건은 헌법재판소까지 갔는데 여자에게 높은 가산점을 주는 것은 위법이지만 경선대학교 내부 규정이 우선이라는 이상한 논리로 인해 경선대학교의 승리로 끝났다.

애초에 법을 다뤄야 하는 로스쿨인데 그 법에 반하면서 생겼다는 것 자체가 말이 안 되는데도 말이다. 그 바람에 경선대학교에 대해서는 내부 규정이 헌법보다 우선한다는 우스갯소리가 나올 정도였다.

'안 봐도 뻔하지.'

아마도 자신들의 이득을 지키기 위해 경선대학교에서 엄청나게 로비했을 것이다. 그럴 수밖에 없는 게, 한 해 수업료가 1억에 가까운데 한 학년당 백 명에, 총 세 개의 학년으로 이루어져 있다. 즉, 한 해 수입이 무려 300억에 달하는 것이다. 당연히 경선대학교에서 로비하지 않을 리가 없다.

"경선대학교라……."

"가능성이 높습니다. 그리고 여러 가지 문제가 일어날 가능성 역시 높지요. 일단 여대였다는 이유 때문에 남학생에게 극단적으로 불이익을 주는 곳으로 유명하니까요."

"그건 그런데…… 과연 이곳이 될까?"

송정한은 미심쩍어 했다.

"자네 말마따나 여기를 선발하면 여자만 뽑는다는 게 되는데?"

상식적인 행동 선에서 본다면 당연히 안 되어야 한다. 하지만 현실에서는 그들이 승리했다.

"어쩌면 될지도 모르죠. 여자인 제가 이런 말 하기는 그렇지만 여성부를 비롯한 여성 단체들이 엄청 극성스럽긴 하잖아요. 어차피 한 명쯤 남자를 두면 우리도 뽑았다고 할 수도 있고요. 그리고 솔직히 여자들이 집단을 이뤄서 남학생들을 찍어 누르면 누가 버티겠어요?"

심지어 민시아 변호사조차 그들의 성향을 알고 있을 정도였다. 하긴 그들의 남녀 차별, 아니 여남 차별은 모르는 사람이 없을 정도였으니까.

거의 학교 자체가 남성 혐오 집단이라고 할 정도였다.

"하긴 그렇기는 하지."

조금만 자기들이 손해 본다고 생각하면 여성 차별이라고 난리를 치는 사람들이다. 그런데 남자한테는 차별하면서 그것도 못 버티느냐고 구박하는 곳이기도 하다.

애초에 말이 통할 집단이 아닌 것이다.

"그리고 싸울 만한 상대이기도 하죠. 애초에 설립 목적 자체가 정반대 아닙니까?"

"흠…… 그건 그런데."

백민대학교는 백성과 민족을 위한 인재 양성이 목적인 반면, 경선대학교는 친일파가 세운 학교답게 제국과 천황을 위한 여성 인재 양성이 목적이었다.

"사전 작업하기는 좋기는 한데."

"비슷한 곳으로는 이곳이 제일 가능성이 높습니다."

그 말에 다들 고개를 끄덕거렸다. 다른 곳보다는 공격하기가 쉽다는 판단이 선 것이다.

"그럼 일단은…… 표적은 정해진 것 같군."

"네."

"그럼 마지막 과정이 남았군요."

"그렇지."

아무리 계획은 짠다고 해도 사람들을 가르쳐야 하는 곳은 결국 학교다. 그들이 거부한다면 자신들도 어쩔 수가 없다.

"일단은 이야기해 봐야지요."

⚖️

백민대학교의 총장인 홍석용은 다른 곳도 아닌 새론에서 자신들을 찾아왔다는 소식에 고개를 갸웃했다.

'어째서?'

자신들은 법률 쪽과 전혀 관계가 없기 때문이다. 물론 법학과가 있기는 하지만 법학과와 새론과는 전혀 관련이 없지 않은가?

"반갑습니다. 송정한입니다. 이쪽은 우리 변호사인 노형진 변호사입니다."

"총장을 맡고 있는 홍석용이라고 합니다."

총장실에서 만난 그들은 인사를 주고받고는 자리에 앉았다.

"그런데 어쩐 일로 여기까지 오셨는지요?"

"로스쿨 문제로 상담드릴 게 있습니다."

"로스쿨요?"

"네."

그 말에 홍석용의 얼굴이 딱딱하게 굳었다. 안 그래도 학교 내부에서 그 문제로 말이 많았기 때문이다.

"우리도 나름 준비하고 있습니다. 그런데 로스쿨과 새론과는 무슨 관련이 있나요?"

"아, 소송 때문에 온 게 아닙니다. 도리어 백민대학교와 제휴를 맺기 위해 온 겁니다."

"제휴?"

"네."

"무슨 말씀이신지?"

"말 그대로 제휴입니다. 우리 새론에서는 미래를 위해 법학 전문 대학원이 생기는 것을 환영하는 입장입니다만, 문제가 있다는 것도 알고 있습니다."

"음……."

"아마도 그 부분은 대학 측에서도 알고 있겠지요?"

"그건 그렇습니다."

물론 질적 하락 같은 건 아직 생각하지 못한 상태지만 정부에서 정한 규칙에 따라서 비싼 등록금이 문제가 될 거라는 걸 알고는 있었다.

"그래서 우리 새론에서는 백민대학교와 더불어 일종의 특화 계약을 하고자 합니다."

"특화 계약?"

"네, 일부 학생들에게 우리가 등록금을 지원하는 대신에 우리 새론에서 일을 시키는 것 말입니다."

"네?"

"쉽게 말해서 우리가 원하는 인재를 구하기 위해서 로스쿨에 투자하겠다는 말입니다."

"진짜입니까?"

"네."

물론 이런 개념은 예전부터 있어 왔다. 실전에 강하고 바로 일할 수 있는 기업형 인재를 뽑기 위해 기업이 투자해야 한다고 말이다.

하지만 기업들은 가만히 있어도 대학에서 사람이 나오니 누구도 관심을 보이지 않았다. 그런데 가장 관심이 없어 보이는 법무법인에서 기업형 투자를 하겠다니?

"솔직히 말씀드려서 로스쿨은 현재 새론의 라이벌을 만드는 곳입니다만."

"포용하면 인재이고, 안 하면 라이벌입니다. 자기만의 세계에서 살아가는 기업들이 가 봐야 얼마나 가겠습니까?"

"역시…… 깨어 있는 로펌이라고 하더니, 다르기는 다르군요."

새론이 다른 기업들과 다르게 깨어 있는 로펌이라는 소문을 많이 들었던 그였다. 다른 로펌이나 변호사들은 실질적으로 로스쿨 제도에 극렬하게 반대했기 때문이다.

"우리는 학생이 아닌 진짜 변호사를 원합니다. 그렇기에 아예 진학 단계에서부터 우리와 밀접하게 교류하면서 일할 사람들을 뽑고자 합니다."

노형진의 말에 격하게 고개를 끄덕거리는 홍석용.

"그거야 좋지요."

"하지만 그만큼 우리가 원하는 사람을 뽑기 위해서 어느 정도 협상도 필요하다고 생각합니다."

"무슨 말씀이신지?"

"선발권에 대해서 우리가 좀 끼어들었으면 합니다."

"네? 선발권이라니요?"

그 말에 홍석용은 깜짝 놀랐다. 선발권이라니?

"말씀 그대로입니다. 우리가 선발권을 일부 요청하는 겁니다."

"그건 좀……."

선발권은 학교의 전속 권한이다. 당연히 문제가 되지 않을 수가 없다.

"물론 우리가 지명한 사람들만 뽑겠다는 건 아닙니다. 다만 일부 능력이 있지만 불우한 사람들을 뽑고자 합니다."

"불우한 사람들?"

"총장님도 지금 수업료에 문제가 있다는 건 아시지요?"

"……."

정부에서 발표된 수업료는 총장이 보기에도 너무 고가였다. 일부 사람을 제외하고는 제대로 내기도 힘들 정도로 말이다.

"우리는 그런 사람들이 안타깝게 사장되는 것을 원하지 않습니다. 도리어 그들이 재능을 펼칠 수 있도록 도와주고 싶습니다."

"그럼?"

"네, 우리의 요구는 힘든 게 아닙니다. 일단 새론 장학금, 아니 계약금이라고 표현하는 게 좋겠군요. 새론에서 주는 계약금을 받을 사람들로 실력이 있지만 상황이 좋지 않은 이들을 뽑고자 하는 겁니다."

"음……."

단순히 성적으로 뽑는 것은 어려운 일이 아니다. 그런데 아예 처음부터 불우한 사람을 뽑겠다니?

"그럼 불만이 생기지 않을까요?"

"생길지도 모릅니다. 하지만 그렇게 하지 않으면 실질적으로 미래의 계층 간의 이동이 막힙니다. 무슨 일이 벌어질지는 총장님도 모르지는 않으시겠지요?"

"후우, 네, 압니다. 그래서 문제죠."

아무리 봐도 책정된 등록금이 너무 비싸다. 그러나 그에 대해 정부에 태클을 거는 것은 로스쿨에 사활을 걸고 있는 그들의 입장에 좋지 않다.

"백민대학교는 백성과 민족을 위한다는 신념하에 만들어졌다고 들었습니다."

"그렇지요."

"백성과 민족이 부자만 뜻하는 게 아니라는 점은 총장님도 아실 거라 생각합니다. 우리는 우리에게 필요한 사람을 뽑는 한편, 스스로 노력하는 사람이 바로 설 수 있는 자리를 만들고자 하는 겁니다."

"음……."

홍석용 총장은 고민하면서 침묵을 지켰다. 새론이 추구하는 생각은 알겠지만 그들이 요구하는 것은 생각보다 큰 요구였던 것이다. 선발권을 일부 요구한다니.

"물론 이건 비공식적인 겁니다."

"비공식?"

"만일 새어 나간다면 정부에서 인가해 주지 않을지도 모릅니다."

애초에 고가의 수업료가 책정된 것은 정부 고위층과 권력자들이 하위층의 계층 이동을 아예 막고 싶어서였다.

물론 공식적으로는 각 학교가 매기도록 되어 있지만 로스쿨이 되기 위해서는 각 학교는 정부에서의 압력에 어느 정도 굴복할 수밖에 없었다.

"위험한 행동인 거 압니다. 하지만 백민대학교는 미래를 위해서 만들어진 대학교 아닙니까?"

"그건 그렇지요."

'그리고 어차피 떨어지잖아.'

물론 그건 말로 할 수는 없지만 말이다.

"그러니 조금만 양보해 주시면 미래 세대를 위해 많은 것을 이룩하시는 게 되는 겁니다."

"……."

"그리고 애초에 계층 이동이 가능하다면 과연 재능이 있는 학생들이 어디를 가겠습니까?"

"……."

대학을 가는 이유는 많다. 취업을 위해서, 돈을 위해서, 인맥을 위해서. 하지만 궁극적인 목적은 바로 계층 이동을 위해서다. 성공해서 더 상위인 계층으로 가는 것이다.

"멀리 봐야 합니다. 그저 그런 취업용 대학으로 남을 것이냐, 아니면 진정으로 국민을 생각하고 그들의 미래를 준비하는 대학으로 남을 것이냐……."

"후우!"

그 말에 홍석용은 한숨을 쉬었다. 안 그래도 정부에서 매번 대학을 측정할 때 이야기하는 것이 취업률이다.

그런데 그가 생각하는 대학은 취업하기 위한 학원이 아니라 배움을 위한 그리고 국민을 위한 대학이다.

단순히 취업을 위한 기술을 배우려고 한다면 학원을 가는 게 훨씬 나은 선택이다.

"대학은 학원이 아닙니다. 대학은 기회입니다."

그 말에 홍석용은 마음을 굳혔다.

대학은 기회여야 한다. 단순히 취업하는 게 아닌 미래에 대해서 고민할 수 있는 공간이어야 한다. 그러니 그들이 개인보다는 국민을 위해서 고민할 수 있게 도와준다면 더 나은 세상이 될 것이 당연한 일.

"좋습니다."

그는 노형진의 손을 꽉 잡았다.

"국민을 그리고 미래를 위한 대학. 함께 만들어 봅시다."

다음 권으로 이어집니다

꿈의 도약, 로크에서 하십시오
(주)로크미디어에서 신인 작가를 모십니다

즐거운 세상, 로크미디어는 꿈을 사랑하고 도전을 두려워하지 않는 작가 분들의 참신한 작품을 기다리고 있습니다. 21세기 장르 문학계를 이끌어 갈 차세대 선두 주자 (주)로크미디어에서 여러분의 나래를 활짝 펴 보시길 바랍니다.

모집 분야 판타지와 무협을 포함한 장르 문학
모집 대상 아마추어 작가, 인터넷 작가
모집 기한 수시 모집

작품 접수 시 유의 사항

1. 파일명은 작가명_작품명.hwp형식을 갖춰 주십시오.
1. 파일에 들어갈 내용은 다음과 같습니다.
    − 성명(필명인 경우 실명을 밝혀 주세요), 연락처, 이메일 주소
    − 제목, 기획 의도
    − A4용지 1장 분량의 등장인물 소개
    − A4용지 2장 분량의 전체 줄거리
    − 본문
1. 작품이 인터넷에 연재되고 있다면, 게시판명과 사이트의 구체적이고 정확한 주소를 기재해 주십시오.

선택된 작품은 정식 계약 후 출판물로 간행되어 전국 서점에 유통됩니다.
작가 분은 (주)로크미디어의 전폭적인 지원하에 전속 작가로 활동하시게 됩니다.
※ 자세한 내용은 로크미디어 홈페이지(rokmedia.com)를 참조하세요.

(140 − 133)서울시 용산구 원효로97길 46 진여원빌딩 5층
(주)로크미디어 편집부 신간 기획 담당자 앞
전화 : 02 − 3273 − 5135
www.rokmedia.com   이메일 : rokmedia@empas.com

200평 초대형 24시 만화방

📖 수원시청점

로데오거리

●농협

●CGV

⑧
수원시청역
8번출구

24시 만화방
3F

●홍콩반점

TEL : 031-226-3771
수원시 팔달구 인계동 1041-11 3층 24시 만화방

수면실
(침대식) ─ 사우나석

2인석 ─ 샤워실

세탁기 ─ 신간100%

📖 의정부점

의정부역 ④
⑤

흥선지하도

◀서울방향

진성약국

던킨도넛츠

24시 만화방
3F

TEL : 031-856-3971
경기도 의정부시 의정부동 197-13 3층

📖 안양점

●안양역

육교

◀관악역

명학역▶

●농협

24시 만화방
2F
안양일번가

TEL : 031-466-3771
경기도 안양시 안양동 674-163 공룡고기건물 2층

📖 주안점

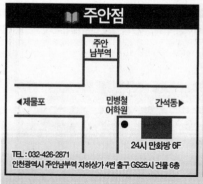

주안
남부역

◀제물포

민병철
어학원

간석동▶

24시 만화방 6F

TEL : 032-426-2871
인천광역시 주안남부역 지하상가 4번 출구 GS25시 건물 6층

📖 안산점

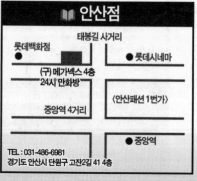

롯데백화점
●

태봉길 사거리

●롯데시네마

(구) 메가박스 4층
'24시' 만화방

〈안산패션 1번가〉

중앙역 4거리

TEL : 031-486-6981
경기도 안산시 단원구 고잔2길 41 4층

●중앙역